U0500751

玄默 —— 著

终身最爱 II

（上）

北京联合出版公司
Beijing United Publishing Co.,Ltd.

图书在版编目（CIP）数据

终身最爱：全两册．Ⅱ／玄默著．-- 北京：北京联合出版公司，2018.4

ISBN 978-7-5502-8737-2

Ⅰ．①终… Ⅱ．①玄… Ⅲ．①长篇小说—中国—当代Ⅳ．①I247.5

中国版本图书馆CIP数据核字(2018)第041869号

终身最爱Ⅱ

著　　者：玄　默
责任编辑：夏应鹏
封面设计：⬚⬚格·創研社　SQUARE Design
　　　　　　　　　　　　　　BOOK QQ:418808878

北京联合出版公司出版
（北京市西城区德外大街83号楼9层　100088）
北京联合天畅发行公司发行
北京新华印刷有限公司印刷　新华书店经销
字数230千字　880mm×1230mm　1/32　14印张
2018年4月第1版　2018年4月第1次印刷
ISBN 978-7-5502-8737-2
定价：49.80元（全两册）

目录 /

contents

❀

楔　子

　　裴欢在二楼坐了一天，清点他收藏的书。

　　这些书昨天才送到店里来，不知道是从哪里翻出来的宝贝。有些古籍一直密封着，不能接触空气，有些几乎散成了一堆纸片。她小心翼翼拿出拂尘，在店里忙到下午，突然听见楼下门口有动静。

　　这几天连续阴天，天气不好，路上行人也少，没有人注意到这家古董店，因此，楼上楼下从早到晚一直安静。

　　这家店是她每天来照看的地方，可它没有名字，更不卖什么东西，因为很多老物件她以前从未见过，根本不清楚价值。

这地方好像只是随便扔在路边的一栋小楼，因为过于随意，很难被人记住。有店自然有主，但这里的主人买来这栋楼却从不露面，唯一的目的，好像仅仅是安置家里那些放不下的宝贝玩意儿。

对方并不是暴殄天物的人，有的东西适合收藏，有的宝贝值得被人欣赏。

所以就有了这一整个漫长安静的下午。

直到有人进来。

裴欢看了一眼时间，下午四点多了，也到了她去接女儿放学的时间。她礼貌地向楼下喊话，请对方稍等，又把清理完的藏书都放好，这才下去。

房子是简单的上下结构。二层绝对私密，非请勿入；一层则只为展示，完全开放，算是一目了然的格局。

今天来的是个女人，裴欢简单打了招呼，请对方随便看。她自己则去拿外套，准备等对方走了就关店。

那人四处转了转，走到裴欢身后定定站了一会儿，一直没动静，忽然开口冒出一句："还记得我吗？"

裴欢不明所以，这话问得唐突，她这才回身认真打量这位客人。女人皮肤苍白，身材高挑，戴了褐色墨镜和小檐帽，看不出年纪。

　　沐城气温接近二十摄氏度，那女人却把自己包裹得严严实实，穿了垫肩外套再加上一条高腰长裙，满满都是旧式的碎花纹路，怎么看都是这几年并不流行的样子。

　　偶然相遇，女人看女人，第一眼不外乎注意穿衣长相这几项，那女人相貌平平，说话声音古怪，看起来算不上出众的类型。整个人明显有浓重的复古审美，扮成九十年代的风格。

　　裴欢并不奇怪，这毕竟是家名义上的古董店，来的客人多半有旧物情怀，活在旧时光里，也不算什么稀奇事。

　　出于礼貌，裴欢认真地想了想，笑着摇头对她说："抱歉，我应该不认识你。"

　　女人有点儿惋惜，又说："不记得了？也对……那么久了，那时候你还小。"

　　裴欢惊讶地愣住了，这女人应该比她大，但也绝不是长辈的年纪，过去她在兰坊里也没有见过。一个莫名出现的陌生人突然跟自己这样聊天，裴欢不知如何接话，更不清楚对方什么来历。

　　气氛有些微妙，对方发现裴欢露出警惕的表情，立刻大声笑着说："开个玩笑而已。过去我们偶然见过，你可能不记得了。你是个明星啊，这么年轻就退出了，真可惜……对了，不逗你了，店里有没有水晶洞？最近我请好几个师父帮我看新房子，都说家里最好摆一个，我打听了好一阵，这几天都在找。"

裴欢摇头。

"没有，这里都是我家的私人收藏，不是每样都出售，也不接受订货，是否出手都看缘分。"

那女人仿佛没听见，手拍着沙发背转了一圈，喃喃地继续说："我在找一座白水晶洞，谈不上值钱，但是年头久，六七十年了。"她仍旧不肯摘下墨镜和帽子，裙摆大而长。不知为什么……裴欢总觉得她举手投足有些别扭。

那是一种说不上来的感觉。

裴欢一直盯着她看，感觉到这女人周身和屋里不会说话的瓷器一样，隐隐有着奇异的质感——缓慢迟钝，不合时宜，却又兀自存在。

这是个古怪的女人，开口的时候声音滞涩，连说玩笑话都不轻松。

裴欢毕竟是兰坊里长大的人，形形色色的怪人她见得多了，没有多余的好奇心，她不想生事，更不想招来不必要的麻烦，于是决定关门送客。

她送客人到门口。开春后天气回暖，大门一开，午后的阳光打在身上十分舒服，两个人之前尴尬的气氛也缓和下来，对方看裴欢正好也要出去，随口问道："这么早就走？"

"孩子快放学了。"

那人一副明白的样子，点点头，随口又问道："他呢？"

"谁？"

那女人拉紧了领口，只是看着她笑，也不做过多的解释。

裴欢不知道这突如其来的"他"是指谁，但自从她隐退之后，各种无聊的小报没新闻了，就时不时要把她挖出来八卦一遍，狗仔编排过气女明星的各种手段尽人皆知。她对这种问题明显不太高兴，直接说："我丈夫已经过世了，如果你是来打听我的个人隐私，对不起，没时间奉陪。"

果然躲到哪里都有热爱窥探的人。

裴欢曾经算是个女明星，无心插柳拍过几出戏，虽然一直不温不火，但毕竟进过那个圈子，如今这年月再被人认出来攀谈也不方便，她不打算和对方一起离开了，准备先回店里，一会儿再走，于是对女人摆手示意再见。

事已至此，对方没有继续攀谈。

裴欢关上门，她身后的大门颜色黯淡却稀有，由两块同根而生的楠木雕制而成，透着岁月打磨而出的光泽。

门板上面遍布镂空缝隙，刻的是一出松柏长青，北雁南飞。

岁月无声，但那是终将归来的故事。

女人似乎已经走远，可最后的话却隐隐传了进来，她自语的声线低哑，就像平日少与人说话，听着并不舒服，一字一句僵在喉咙里，成了跳针的钟表，古怪，卡顿。

那句话在风声里兜兜绕绕，最终还是转了回来。

她问："他还好吗？"

第一章 · 清明无雨

　　清明时节，沐城的天气并不应景，一直没有下雨，但桐花还是开了。

　　听芷堂是用来供奉先人的地方，在兰坊这条街上，只有它的后园里种了白桐。一到清明的日子，院子里遥遥开出一树雪，映着四四方方的天，凭空多出几分肃穆。

　　敬兰会的历代会长一世风光，终逃不过生死大限，最后都回到了这座院子里。年年一到上香的时候，听芷堂里吊唁的人多，可是众人出出进进，却没有任何声音，男人缄默，女人更没有眼泪。

　　厅前的空地上渐渐烧出灰来，却连风都吹不散。

　　裴欢作为华先生的遗孀，一到这种日子，会里上下都想来见她，哪怕能跟她说句话，也算对华先生身后诸事尽了心。人人都明白，那个男人的离开终结了一个时代，虽然兰坊这条街还在，这条夜路永远没个尽头，但他走了，夜鬼散魂，有些事就显得不一样了。唯一不变的，只剩下白日里的姐妹兄弟，人人做一样的梦，也还是一样可笑。

华先生是敬兰会上一任会长，他活着的时候无人敢直视，走了积威尚在，那双迫人的眼睛就好像和这条街融在了一处，让人忘不了却无处凭吊，就连海棠阁那黑漆漆的屋檐下似乎还能透出股久违的药香，逼得大家把这股空落落的敬畏压在心底，一攒攒到了清明，统统站在他的名字之前垂首。

可惜今天，众人一大早就赶过来，华夫人却没有怎么露面，大家只看到她黑纱遮面，匆匆而去。

裴欢确实一早就到了兰坊，她故意挑了人最少的时间，独自去为历代老会长烧纸上香。没人看见她是不是流过泪，等到人多的时候，她已经避开大家离开了听芷堂。

无论是过去兰坊无法无天的三小姐，还是如今的华夫人，裴欢始终是离他最近的人。历经苦难，她依旧年轻，有他给的半生骄傲，她还是那朵明艳耀目的花，永远有挥霍的资本。

因为尊重华先生的遗愿，敬兰会最终归还到陈家人手中，如今的会长是陈屿。今天，他亲自过来替裴欢当司机，副驾驶位坐着的人则是今年刚选出来的大堂主景浩，也姓陈，年纪和他们差不多。

裴欢看向前排，景浩明显对车内的座次安排感到不安，欲言又止。于是她也不客气，开口和陈屿说："不能坏了规矩，您是会长，应该坐过来，让下人开车。"

陈屿不肯换位置，直到把车开上正路，才开口说道："夫人，就当今天破例，给我一个机会吧，往年要是华先生在这里，还轮不到我为他开车。"

景浩无疑是个得体的下属，听会长这么说，也保持沉默，而后排的裴欢望着窗外不再接话。

两年过去，兰坊如旧，开春后各院的花树早已出芽，今时往昔，唯一不同的是每个路口都站满了人，烟尘灰烬，滚滚升天。

在裴欢的印象里，华绍亭好像从来没有要缅怀的先人。他是老会长的养子，自然老会长对他有恩，她知道他记在心里，但回想起来，从小到大，她竟然没见过他在清明的时候缅怀故人。

那些懵懂年月，她不知天高地厚，虽然在这条街上长大，却总被他护在身后，任性妄为。她知道华绍亭是个念旧的人，可是每到清明，他却从不肯亲自出面，好像一直不喜欢这种场面。

这里的秘密太多，几代人讲不完，慢慢就都淡了，只落得和那些几百年的院子一样，学会了缄默不语。

那时候她还是太小了，忘了问他，死者为大，为什么不敬恩人一炷香。

如今，夜路漫长，这条街依旧是敬兰会的地方。人人睡觉都要睁一只眼，生生死死的事在这里就是转瞬之间，于是清明反而成了最重要的日子。街上家家户户还有插柳的旧习，往远处一看，人来人往，显得比平常日子更加热闹。

"现在家里……都还好吗？"陈屿突然开口，意有所指。

"笙笙上学了，也懂事多了，没什么费心的地方，都好。"裴欢看向他，一段时间没见，陈屿的脾气也没那么急了。

她正想问问会里的情况，陈屿的手机却突然响了。

景浩先替他看了一眼，紧接着拿过来，低声说："会长，是嫂子。"

"别接。"陈屿当作没听见。

手机一直响，陈屿有些烦了，吩咐道："她再打就直接挂掉。"

裴欢这才想起来，如今的会长家里还有这么一位棘手的亲戚，于是问他说："嫂子？是慧晴吗？"她看陈屿不说话，只好又问："今天是清明，她是不是想去听芷堂？"

陈屿有个亲哥哥陈峰，前几年机关算尽，反叛华先生而死，并不光彩，留下妻子徐慧晴和刚刚出世的儿子。成王败寇的规矩处处都有，何况是敬兰会。他们母子俩虽然还住在兰坊里，但并不好过，裴欢一直没再听见任何关于徐慧晴母子的消息，恐怕对方也恨不得躲起来隐姓埋名。

陈屿摇头说："就算让她去，她也不敢出门。我哥成了敬兰会的耻辱，这条街上多少人想要他们母子的命，要不是我顾念情分保住她……"

裴欢忽然有些透不过气，心里越发沉重，这种时节，处处都有人烧纸，连天都透着一股灰。

有时候故去并不是最痛快的结局，活着的人要替他日日苦熬。

她想了又想，最终还是忍不住说："带我去看看她。"

这一去格外耽误时间。沐城快要入夏了，天就渐渐长了，傍晚时分，夕阳红透了半边天。

裴欢往返市区忙了一天，到家的时间比平时都要晚。她进门看见挑空的墙壁上笼了一层暖黄色的光，电视被按了静音，整个屋子里显得格外安静。

他们离开敬兰会之后就挑了一处安静的住所，避世而居，也能让他安心休养。

楼下只有女儿笙笙在吃晚饭，裴欢刚要脱外套，心里算了算时间，动作忽然一顿，转身就往楼上跑。

孩子的声音传过来："爸爸一直没起来。"

已经快晚上七点了。

楼上的走廊十分安静，只有黑子在尽头悄无声息吐着芯子，蜿蜒而过。

裴欢不知怎么突然想起白天，她看见很多画面，每个十字路口都有火光，她害怕那场面，害怕过清明，她原本不想回兰坊装模作样，却为了掩人耳目不得不去。

她推开卧室的门，床上的人安安静静闭着眼睛，似乎还在睡。他的习惯依旧，几个小时前点了一炉香，到现在也燃尽了……房间里一切都好端端的，还有她早起来不及收拾的睡衣，松松垮垮被她扔在窗边的躺椅上，他从来懒得管，也就那么一直放着。

裴欢长长吸了口气，勉强冷静下来。她走过去推他，就像这些年无数次叫醒他一样，但是今天却有点突如其来的紧张，话到嘴边说不出来，突然哽住了。

整个敬兰会，兰坊一条街，所有人都以为华先生死了，只有她知道，他还在这里。

华绍亭从出生开始就和别人不同，他的生命能维持至今早就算是奇迹了，他过去曾经什么都有，到头来却又什么都不要了，只为了她和命争，多一分一秒，都算赢。

裴欢厌烦和别人讨论他，过去兰坊的人都说她一副天不怕地不怕的蛮横脾气，可如今她是真的害怕，她怕听芷堂里的花圈成真，她怕他一睡过去转眼隔世……

原来心有不安，才畏人言。

她快要哭出来了，扶着华绍亭的肩膀发抖，他睡着之后呼吸更浅，让她几近崩溃，手足无措捧住他的脸，这一下让床上的人突然翻身，一把握住她的手。

她轻声叫他，华绍亭仍旧闭着眼睛，躺了一会儿才问她："回来了？"

裴欢提着的一口气终于缓过来，从他昏睡到转醒这几分钟，比她奔波一天还要累。她终于放下心，俯身抱住他点头，又静静在他胸口趴了一会儿才说："你知道现在几点了吗？"

华绍亭显然并不关心，他扫了一眼窗外说："醒了一次，又睡着了。"他有宿疾，说话的声音本来就比一般人都要轻，刚一醒过来的样子更让裴欢担心，于是去测他的心跳，抬头仔细打量他的脸色。

他半坐起身，而她小心翼翼地不许他乱动，他有些无奈，环着她的肩，看她紧张的样子笑了，逗她说："明年不让你去了，每次从听芷堂回来就这样，我没死也让他们咒死了……好了，真的没事。"

他越发不忌讳，一离开敬兰会之后什么都想开了，什么话都敢往自己身上说。

裴欢就没那么痛快了，她憋了一天的苦处被他点明，忍不住抱怨道："能不能想个办法，把你的名字从听芷堂里挪出去？一个大活人年年被供香火，实在太晦气了。"

华绍亭对此完全无所谓，起身换衣服，换了个话题问她："会里有事吗？怎么现在才回来。"

裴欢坐在床边，想起下午见到的人，和他提了一句："没什么重要的，我顺路去看了看徐慧晴，事情过去那么久了，现在剩她一个人带着孩子不容易，我和会长商量，孤儿寡母的，放他们离开兰坊吧。"

那个女人的丈夫和他们从小一起长大，都说是兄弟，却曾经处心积虑要华绍亭的命，恩恩怨怨早已无法从头清算。裴欢其实对这个所谓的嫂子没有什么好感，但说到底都是女人，时过境迁，同为人母，逃不过恻隐之心。

毕竟徐慧晴和孩子从头到尾没有做错什么，如今他们处境凄凉，裴欢实在看不过去，帮她说句话，算是做个顺水人情。

华绍亭对过去的纠葛早不挂心，何况这种小事。不要说他，如今整个敬兰会里也没人关心徐慧晴是生是死，他没什么表示，点点头不再过问。

今天时间虽然晚了，但饭还是要吃。

华绍亭一向衣食讲究，一睡醒别的不管，先去换衣服，结果一走出房间，黑子就爬过来。他在家穿的衣服颜色浅，深色的毒蛇慢慢绕在他的手腕上，这一下对比明显，更显得他整个人连影子都淡了。

裴欢笑他折腾，没一会儿还要去换睡衣，别人一天的时间还不够华先生拿来摆谱的。华绍亭由她笑，一边下楼一边问："我都忘了他家还有人，陈峰是不是留下一个儿子？起名字了吗？"

"大家都叫他茂茂，两岁了。"裴欢叹了一口气，"陈家还有那么多亲戚，陈屿又是会长，我其实不想多管闲事的，但今天去，茂茂在发高烧，赶上清明街上人多，徐慧晴不敢抱他去医院。她自己情况也不好，这才多久，憔悴得不成样子，快憋出病了……陈屿说她根本没法出门，出去了各家都想找她麻烦。"

明明该有亲戚帮衬的时候却无人伸出援手，明明如今的会长是她丈夫的亲弟弟，可他们背着一个叛徒遗孤的名声，为了避嫌，陈屿也只能和他们母子划清界限。

更何况，兰坊里三六九等分得明明白白，人与人之间可以同一屋檐，却万万没有情分，父子反目，兄弟阋墙，都是天天上演的戏码。暗流汹涌，人心不死，一人得势之后不会鸡犬升天，反而要将亲近的兄弟清理干净，才能坐稳身下那把椅子。

所以，陈屿接手敬兰会之后能留他们母子保命，已是仁至义尽。

裴欢说完就沉默了，华绍亭知道她心善，轻声说："这也怪不得陈屿，他哥死了才轮到他做会长，不算外人有多少双眼睛，就是陈家自己人也都各怀心思。他这时候不帮他嫂子，算他开窍了。"

华绍亭说这话的时候语气毫无波澜，人情世故在他这里不值一提，还不如喝口好茶评价两句来得认真。

裴欢再一次深切地感受到属于兰坊的生存法则，残酷都不足以形容，仿佛人人都没了血肉，白日谈笑风生，夜晚剥皮蚀骨，而这条道上的人也都成了精，无论如何你死我活，天一亮照旧兄友弟恭，天下太平。

华绍亭早就告诉过裴欢，兰坊这条街，只有清明这一天，坟前的土，烧完的灰，才是干净的。

"就当积点儿德吧，我让他们安排了远郊的房子，离开市里，这样徐慧晴能把茂茂带出去自己过。"裴欢低头看向自己的女儿，低声说，"孩子总没有错。"

华先生今天起来晚了，所以饭菜都按规矩重新上过一遍。裴欢有些吃不下，但华绍亭却难得有胃口，于是她只好陪着他多坐了一会儿。

笙笙刚上学，正是好动的年纪，一回到华绍亭身边，没多久就被惯出挑剔的毛病，而他们留在身边的管家是老林，一位经年跟着华绍亭的老人，如今六十多岁上了年纪，偶尔吩咐做菜有疏忽，烫了，腻了，小家伙就都不爱吃。

华绍亭绝对是惯纵式的教育，小孩子挑三拣四，他还要顺着来，于是裴欢只能被迫做严母，眼看笙笙还剩半碗饭就跑去玩游戏，她再也坐不住，把孩子抓回来一顿教育。

女孩的模样真是像父亲，笙笙眼角眉梢几乎和华绍亭一模一样，那眼神一看过来，裴欢气着气着心就软了。她怀笙笙的时候实在过于年轻，又仓促之间经历一场意外，九死一生才熬过来，所有的事都轮不到她选择，从女孩到女人，甚至再到一个母亲的转变几乎都发生在一瞬间，她好像只咬牙凭着一口气走下来。如今回过神再去想，千难万险让她自己后怕，却依然庆幸命运能给她这样的活法。

她比任何人都知足，这是太难领悟的人生智慧。

裴欢想着想着有些沉默，笙笙以为妈妈真的生气了，只好低头不说话。如同以前一样，华绍亭率先打破母女俩的对峙，三言两语就把孩子哄好了。

小姑娘听话地慢慢吃饭，气氛终于安静下来，电话却突然响了，管家老林过去接，没一会儿走过来，躬身轻声叫他："先生。"

家里的规矩是从在兰坊开始就立下的，除非有极其特殊的事，否则没人会在华先生吃饭的时候过来打扰。裴欢抬眼看他，华绍亭仿佛没听见一样，一直等到孩子吃完了跑去厅里自己玩，他才终于放下筷子，管家把电话拿过去。

裴欢也懒得多问，能挑这么不偏不正的时间来电话的人，八成是陈屿。他自以为掐算好，等到过了晚饭时间才敢打来，没想到今天他们这边吃饭晚了，白白让他等着。

华绍亭拿起电话离开了餐桌，一个人去茶海旁边接，但今天电话那边明显不是熟人。

对方沉默了很久，忽然开口，却只有一句低哑的问候："华绍亭。"

这声音突如其来，简简单单，竟然能让他手下一顿。

华绍亭靠在窗边没有回话，外边暗了，于是玻璃上照出他的影子，他听着这三个字，忽然浮起一丝笑。

他只是觉得有意思，因为这世界上敢直呼其名叫他的人……大多已经死了。

他扫了一眼餐厅的方向，裴欢正在叫人过去收拾桌子，女儿聚精会神坐在沙发上玩。他拿着电话，从始至终没有任何特殊表情，从容转身去倒了水，又拿了茶叶，一直没有回话。

电话那边也没有再说什么，只剩下细微的呼吸声，停了一会儿，对方率先开口说："清明祭扫，不知道听芷堂里，有没有我的名字？"

华绍亭没有再继续听，直接挂断了通话。

遥遥一阵水开的声音。

裴欢很快忙完了，走过去帮他泡茶。

华绍亭接的这通电话好像不是什么重要的事，她看他似乎都没和对方说什么，平平淡淡就结束了。

这又不像是陈屿来打扰，于是她好奇地问："谁打来的？"

茶水的热气突如其来，飘着今年新上的清明茶，华绍亭在这方面太讲究，一年也就喝这一回，空气里很快散开茶香。

温度一时高了，他手腕上的黑子不喜欢，慢慢爬开了。他开口漫不经心，用掌心捂着茶杯和她说："笙笙的老师。"

裴欢忍不住笑，平时孩子的老师找上门都是她来处理，他哪知道学校的那些琐事，于是她又说："以后让老林直接给我接。"

"新换的体育老师，来问问笙笙的身体情况，尽量让她减少户外活动。"他让她放心，"怎么一听见老师的电话你就紧张。"

裴欢真是一肚子苦水，她确实担心老师来告状，回身看看家里这位小祖宗，笙笙最近迷上了闯关游戏，根本没注意他们的对话，她这才压低声和他说："本来多乖的孩子，都让你惯坏了，我之前还担心很多活动她都不能参加，会被同学排挤，特意和老师商量，结果班主任说现在根本没人敢惹她。"

笙笙未能幸免，遗传了华绍亭的先心病，幸好她年纪小，是治疗的最佳时机，手术成功，后续情况也稳定。如今她渐渐大了，回到父母身边的孩子最幸福，才不过一两年，笙笙的性格就已经和在福利院时完全不同了。

血脉至亲，华绍亭的女儿天生有某种本能——遗传到父亲身上强大的自我意识，虽然年纪还小，但在同龄人中已经明显有了自己的气场。

在孩子的问题上他们永远无法达成一致，华绍亭护犊子的毛病简直尽人皆知，裴欢自己就是领教过的，只盼他别把孩子捧得无法无天。

可惜她操了半天心，华绍亭面不改色喝了两口茶就走了，像根本没听进去一样，我行我素。他和笙笙一起去引黑子上楼，告诉她蛇的习性，小姑娘竟然真的不害怕，听得认真。

明明前几天才和他说好，笙笙怎么说都还是个小孩，手脚没分寸，别让她和毒蛇离得太近。

裴欢被气得不理他们，老林在门口帮她打包东西，看她窝火，走过来劝道："先生心里有数。"

她虽然担心，终究还是明白的，华绍亭有他的原则，笙笙小时候无法和他们相认，被送到福利院，大家都担心他会因为这件事而对孩子心生愧疚，因而过度补偿，但时过境迁，裴欢发现他甚至很少去和孩子解释过去的因果。

华绍亭被这病折磨了一辈子，他原本不愿再拖累孩子来这世上遭罪，但既然已经有了笙笙，就顺其自然去面对。

他一早就和裴欢说过，他们的孩子这一生可能会遇到危险，会有别人想不到的困境，甚至从出生开始就一波三折，她既然是华先生的女儿，就注定毫无退路，而他们为人父母，不能只让她活在太平盛世，还要教会她独自面对黑夜时，如何保护自己走下去。

所以当别的孩子还在养小猫小狗的时候，笙笙就在和一条毒蛇朝夕相处。

每个人都有成长的必然使命，已经发生过的事情不必浪费时间去弥补，是非善恶，有失有得，只有生存法则最公平。

老林终究上了年纪，盯着笙笙有些感慨，念了一句："要我说，小女孩有点脾气，和夫人似的也挺好。"

如今，小姑娘知道父亲宠自己，就有了那一点点有恃无恐的骄傲，于是那脾气更像裴欢了。老林自然知道裴欢在想什么，又笑着对她说："孩子是父母的延续，也是父母的克星。"

果真，裴欢叹了口气。过去在兰坊，她被华绍亭护着养成无法无天的性格，恨不得全世界都要听她的，如今却败给了自己的女儿。

裴欢放任父女俩去胡闹，自己去地下室里找东西。明天又到周三，她按照惯例还要去医院看望姐姐裴熙，快要换季了，家里收拾了不少东西要带过去。

这两年，裴熙的病情控制得很好，医生打算尝试让她敞开心扉，慢慢找回童年的记忆，因此，希望家里人能够配合，能带一些裴熙小时候的东西过去，有助于治疗。

裴家姐妹早年失去父母，家里出事的时候裴欢还小，什么都不知道，但她姐姐裴熙已经到了记事的年纪，在那场变故里受了刺激，后来她们被陈氏老会长带进兰坊养大，老会长去世后由华先生接手敬兰会，认下这两个妹妹，一直由他照顾。

过去那几年，华绍亭把姐妹俩从小到大的东西都保存下来，在搬出兰坊的时候清点了很多旧物，带出来的箱子太多，一直存放在家里的地下室，裴欢没有打开看过，直到今天才想起来去找。

姐姐裴熙的性格一直很奇怪，童年自闭，长大后也很少与外人说话。她总是躲在房间里一个人画画，所以关于她的东西，很大一部分都是泛黄的画纸。在那些青春期的懵懂年代里，姐妹俩心生隔阂，裴欢几乎没有关注姐姐画了些什么，如今打开看，才发现对方小时候好像很喜欢猫。

有几张小猫的画，似乎都是很早的记忆了……裴欢当时年纪太小，模模糊糊什么也记不清，年幼的孩子失去父母，不外乎颠沛流离，四处寄养。她们进兰坊之前曾经换过几个住处，她记得有段时间姐姐似乎养过一只小猫，可惜如今已经想不起来是在哪里发生的事。

裴欢一边整理一边看，忽然发现有很多重复而凌乱的画，几乎都是一样的场景。

好像是一尊佛像。

裴熙从小画到大，一开始只会堆砌模糊不清的颜色，到后来渐渐能画出莲花宝座，分明是佛像的轮廓。

裴欢无法理解那是什么，可能只是裴熙眼里不一样的世界，是童年片段的执念，被她留在心里，记录在纸上。

如今，所有的恩怨都淡了，只剩血缘是无法斩断的牵绊。裴欢只希望姐姐早日康复，能够和她相认，一家人放下过去好好生活。

活着是世间最苦的幸事，半生坎坷，只为团圆。

入夜风大，院子外围种了不少树，窗外带起一阵一阵响动，树梢的影子打在米色的窗纱上，背着光去看，摇摇曳曳，像一出奇幻皮影。

今天夜里原本应该有雨，闷了一天，却迟迟没有下。

裴欢安排好第二天的琐事，回到卧室关窗，却发现华绍亭一反常态，这个时间还在外边露台上。她拿了挡风的衣服出去给他披着，轻声问他："在想什么？"

他有一只眼睛受过伤，为了防止见强光，二层的露台四周只简单地装了地灯，光线柔和，人的轮廓就显得有些模糊。

华绍亭摇头，他总是习惯性地挽着一串沉香，手指一动，风里不小心就多了一股淡淡的味道，像盛放过的花，存了千百年突然翻出来，一样生生能往人的鼻子里钻。

男人的气度绝对有种玄妙的吸引力，二十年夜路杀伐决断，一句"华先生"绝不是凭空而叫的，一身风雨闯到他这里统统缓了，化不开也散不掉，只好沉在眼底。偏偏如今他又是从容的，遇见这样静谧的夜，也只是懒洋洋地伸手握住裴欢的手，说了一句："笙笙刚去睡了，我出来透透气。"

裴欢靠在他肩上，陪他站了一会儿，忽然想起什么，抬头问他："你还记得我和姐姐小时候的事吗？"

华绍亭一向脸色浅，在暗处看起来更少血色，他听了这话看了她一眼，侧过脸似乎在帮她回忆，可惜怎么算都过去二十年了，他已经懒得细想，随口说："两个难缠的小姑娘，跟着陈家那几个小子玩，男孩淘气，欺负人，你那么小，脾气倒挺大的，带着你姐姐，每天气鼓鼓的。"

"更早一点呢？医生说姐姐现在情况稳定，可以尝试让她想起童年的记忆，有助于康复。"

他手里摩擦着的珠子停了，低头看了看她说："不必强求，有些过去她既然选择忘记了，再让她想起来不是什么好事。"

治愈内心的伤痛需要重新揭开更痛的疤，这代价是否值得，不应该由他们来选。发生过的一切无法改变，假如裴熙还有彻底遗忘的机会，算是不幸中的万幸。

也好，一切随缘，尽力而为。

裴欢深深吸气望向远处，林子之后的地方有一小片湖，夜里只有点点星光，什么都看不清，剩下一汪水光深重地沉下去，四下寂静，只剩他的呼吸声落在一处。

风忽然大了，华绍亭习惯性地把她搂进怀里，裴欢就像过去那些年一样，蹭在他胸口，哪怕下一刻天翻地覆，也能这样安然睡去。

她喃喃地念着："哥哥。"不管过去多久，只要他在这里，她就仿佛永远长不大。

他轻抚她的头发，把人搂紧了低声逗她："笙笙真是和你一模一样。"这是他今生唯一为难的事情，"你说怎么办？一撒娇也往我怀里钻……我就想着，随她怎么样吧，高兴就好，能有什么大不了的。"

要天要地，他也给。

华绍亭说得裴欢不好意思了，一直偷偷闷着笑，他身上香木的味道让她浑身都放松下来，一心一意，就只有眼前这一点小小的世界。

再久一点儿，再多一世也不够。

万事皆休，别无所求，只求这样的夜，能够再久一点儿。

华绍亭轻轻拍着她的背，目光越发远了，他好像轻易就适应了受伤的左眼，而此时此刻的夜，目所能及的地方只有一片浓烈的影子，是山是水都揉成一团漆黑。

这条路从始至终没有光，本来就不需要看清楚。

至于光背后究竟是什么，他一个人记住就够了。

第二章 · 旧日佛像

自从搬出兰坊之后，裴欢每周都要去医院看望姐姐。

今天他们带过去的东西很多，上午出来的时候就有些晚了，去往医院那条路还必须经过市中心，结果堵在路上，耽误了不少时间。

裴欢一行人到的时候，已经过了住院部的午餐时间。

医院楼下的绿化极好，有一大片花园，午后的阳光打下来，绿树成荫，分外适宜休养，很多护工陪着病人出来散步。

裴欢在路上的时候已经看好了时间，决定直接去花园里找姐姐，于是让老林带下人先把其他东西送上楼。她每周都会给姐姐带一束百合，今天也不例外，早晨刚送来的花很新鲜，香气袭人，她捧着它沿小路过去找，绕了一圈却都没有看见姐姐。

她有点奇怪，裴熙患有重度精神分裂，不适合过多和外界接触，护工一般带她出来只为晒晒太阳，最多在小范围内推着她走一走，应该不会走太远。

她拿出手机，想要打电话询问，正好看到护工独自从住院部的楼里走出来。

她跑过去问裴熙在什么地方，对方看她紧张的样子有些奇怪，手里拿着水壶示意给她看，说："刚才有亲戚来看她，说推着病人在院子里走走，我正好抽空去楼上给她拿水……"

裴欢心里一动，分明听出不对劲，赶紧问她："我们刚刚才到，之前来的人是谁？"

护工也有些蒙了，环顾四周，一边找裴熙一边向她解释道："是个女人……不是你们家里的亲戚吗？我看病人认识她，就请她先帮忙照顾一下。"

裴欢迅速把人都叫下来，让大家前后在花园里找，可是找遍所有地方，都没能找到裴熙。

她急了，跑上楼去姐姐的病房，老林送东西上来后就一直没走，他示意裴熙根本就没回来。裴欢手里那束百合无处安放，下意识越捏越紧，老林想替她先插起来，她慌乱之下一松手，直接散了一地。

花朵的味道第一次让人觉得透不过气，裴欢心里瞬间全乱了，整件事毫无预兆，裴熙一个病人……怎么可能突然不见？

这几天沐城一直没下雨，气温越来越高，病房里明明开着空调，她却出了一身冷汗。

裴欢知道自己应该先冷静下来，可是越这么想，越控制不住手指发抖，她实在不知道如今这个时候还有谁会来找裴熙。姐姐患有精神疾病已经很多年，一直被藏在兰坊的西苑，几年不见外人，除了她和华绍亭，根本没有别的亲人。

护工也急了，叫其他人四处询问，但这午后休息的时间，裴熙又是长期住院的病人，谁也没有过多注意。护工吓坏了，手足无措，不停向裴欢解释道："是一个女人，戴着墨镜，我急着找水壶，也没太注意长相……但是病人看见她笑了，肯定认识，今天正好是星期三，我以为是您家里来的人啊……"

"不可能！"裴欢打断她。护工和医院里的医生、护士都是外人，她并不想过多解释家里的情况，形势不明的时候绝不能闹大，她只能尽可能查找病房里的异样，可惜看了半天，一切如常。

裴熙这两年已经很少发病，但她恢复正常意识的时候并不多，大多数时间依旧与世隔绝，在病房里一个人出神或是看电视，几乎没有什么正常生活。

老林走到裴欢身边，低声对她说："夫人，二小姐病了这么多年，和外界没有接触，不会有仇家，更不会有人为难她，先别急。"

司机很快把车停在楼下，请裴欢尽快离开。

老林是敬兰会里的老人，又跟着华先生十几年，遇到突发情况第一时间作出安排，他尽可能稳住裴欢，告诉她："不管对方是谁，目标绝对不止二小姐。为了安全，夫人不能继续留在医院，先回家去，我带人去查监控。"

裴欢没有更好的办法，只能先离开医院。

回去的路上她一直在给华绍亭打电话，但始终没有人接，她这时候才知道华先生的排场有多让人着急，万事到他面前都成了小事。

她心急如焚赶到家，厅里却只有两个打扫的下人，笙笙照常去上学了，而华绍亭却不在。

"先生刚刚出去了，没说去什么地方。"

这下裴欢真的急了，刚到下午两点，正是华绍亭每天点香看书的时候，他身体不好一直不爱动，今天气温又特别高，她清楚他的习惯，这种时候他绝不会随便出门。

华绍亭自从做过手术之后，知道裴欢担心他，绝不会无故让她找不到。可是今天……他不知去向，没有联系，身边连老林都没带，与此同时，医院里的裴熙再次失踪。

几个小时之间，所有日常轨迹都被打乱了，兜兜转转，怎么突然像回到了几年前，仿佛撞了邪。

裴欢跑回来找不到他，甚至有些反应不过来。

她跑上楼，看着空空荡荡的卧室，无数念头突然涌上来，脑子嗡地一下，几乎站也站不住，她勉强坐在床边想要平静下来，心却快要跳出来。

毫无预兆，噩梦突然重现。

那些年，一场误会逼得她被迫出逃，他们两人分别六年彼此折磨，那场几乎毁了她的噩梦……也是从裴熙的失踪拉开序幕。

人一遇到变故就变得格外敏感，应激反应让人不自觉开始怀疑周遭，裴欢越想越觉得不对劲：昨晚华绍亭一直站在露台上不说话，他一定在想什么，事到如今，还能让他思虑那么久的事，绝无仅有。

但她不知道发生了什么，这一段时间家里家外都很平静，过去的风波平定，敬兰会内斗早已了结，他们一家带着女儿离开兰坊，华绍亭不再是敬兰会的主人，再多纷纷扰扰也不过是道上的旧事，随着敬兰会易主，早已各归其位。

还有什么变故能让华先生避而不谈？

医院那边的消息很快也传回家，裴熙确实是被一个女人推走了。

看起来这事不是临时起意，对方显然提前调查过医院的环境，因此，他们选择离开的那条路上，几个监控器都安装在楼体之上，距离较远，没拍到什么有价值的画面，而裴熙的轮椅是在侧门外边被找到的，应该被推到那里，送上了车。

医院的护工万万没想到会把病人看丢了，早就吓得六神无主，老林带人问来问去，他们提供的信息也十分有限，只记得来的女人穿了很长的连衣裙，不算太年轻，没有什么太多特征，其余的统统想不起来。

唯一能确定的就是，裴熙认识她。

这是唯一的线索，却也是最让裴欢无法相信的，消息传回家里，她越发觉得离谱。

"你们都知道她的情况，她连我都不认了，还能记得谁？"

老林请裴欢一定不要冲动，先留在家里，现在还不清楚对方这么做的目的，她必须待在最安全的地方。

裴欢冷静下来，反反复复地回忆，无论如何也想不起还有什么人能和裴熙有关。

一直等到临近黄昏，华绍亭还没有回家。

他的病情一直复杂，前两年手术成功之后为了防止心动过缓，植入了心脏起搏器。为谨慎起见，医生不建议他长期携带手机，因此，平日手机都是老林帮他拿着，今天他自己出去，又没留话，一时半会儿都联系不上。

裴欢安慰自己不能轻举妄动，让老林派人去笙笙的学校，暗中先把孩子接回来。她相信华绍亭，既然他选择独自出去就有他的道理，眼下没有其他办法，她硬是逼自己一直等在家里，把最近的事情从头到尾都想了一遍。

一个并不年轻的女人……身穿长裙？

护工这一段没头没尾的描述几乎可以套用在无数路人身上，明明不足为信，却让裴欢顿生某种直觉，她总觉得自己在哪里见过这么一个人，思来想去，没个头绪。

老林很快回来了，请她放心："笙笙平安，已经接到她了，在回来的路上。"

裴欢总算稍稍松了一口气，如果真的有人想来找麻烦，也不至于费这么大周折，只为带走一个病人。

时间一分一秒过去，家里一切如常。

兰坊出身的人永远有着异于常人的冷静，只要主人没有吩咐，所有人各安其位，哪怕天塌了，也没人露出半分惶恐。今天华先生不在，但下人们依旧按部就班，已经开始准备安排晚饭。

老林早就磨砺出几十年的沉稳，自然更不用提，华先生没留话，就不需要他擅自行动。裴欢看着他带人忙碌，端了水果出来，是给笙笙准备的。她原本坐立难安，看着他们这一下午琐碎地忙碌，好像真的什么也没发生。

下人过去打开餐柜拿盘子，裴欢却突然站了起来。

家里的餐具都收在一面柜子里，最上层是一排水晶酒杯，因为不常用也就一直摆着。她忽然盯着它们，想起了什么脱口而出："水晶……"

她顾不上和老林解释，起身就往门外走。

生活永远是最不可控的一出戏，总有些画面循环往复，非要到你刚想忘的时候，从头开演。

几乎和那天一样，又是太阳快要落山的时候，裴欢匆匆赶到古董店。

她想起了那个古怪的女人，却没想到这个时间店里竟然有人。

大门被人打开了，里边的灯却没开。夕阳西下，两扇门幽幽的，看得人背后一阵凉。

这附近的人都知道，古董店周三从不对外。

裴欢逼着自己不能慌，吸了一口气终于稳下心神，慢慢推开门走进去。一层空荡荡的，没有什么异常，那些精心摆放的古董器具一样不少。她左右看看，往楼上走，万万没想到，刚一上去，迎面就对上了一双眼。

她毫无心理准备，猝不及防被吓了一跳，下一秒却气得叫出声："华绍亭！"

他穿了件黑色的衬衫，就这么站在二楼的窗边，一整片苏绣屏风挡住了他半边影子。衬着最后一点天光，那双眼依旧波澜不惊地看着她，也不知道来了多久。

华绍亭看见她找过来，这才肯亲自动一动手，把壁灯打开了，对她说："来店里看看，忘了跟你说一声。"

裴欢见他一切都好，总算稍稍安心。华绍亭手边是檀木条案，上边零零散散扔了几颗珊瑚。这一下午，他好像真的只为在店里坐一坐，由着喜好翻出一盒珠子，把玩两下，也就散在一旁不再管。

华先生天大的雅兴，却让她提心吊胆，几乎急疯了。

"姐姐不见了。"裴欢把医院发生的一切告诉他，"查不到对方是什么人……为什么要带走裴熙？她现在谁也不认识！"

华绍亭听见这个消息竟然一点也不意外，他没有回答她的问题，淡淡一眼压过来，却分明让她别慌。

裴欢心里攒了一百种可怕的猜想，可是见到他，千头万绪沉了底，什么都静了。

他一直盯着屏风之后，那里是二楼最晦暗的角落，只放了一面高大的石雕，灯光亮了，四下清楚，他忽然问她一个毫不相关的问题："最近有没有人来找它？"

那座石雕很大，几乎有一人高，华绍亭最早布置这家店的时候让人摆在了楼上最里侧，靠墙也不打光，因而颜色灰暗。

裴欢自然看不懂那是什么石头，只觉得年头应该很久了。这一屋子都是华先生稀奇古怪的收藏，相比之下，这东西虽然大，摆在暗处却实在不起眼，后来她嫌不好看，找人搬上来一扇屏风挡住了。如果不是他今天特意去指，她都忘了楼上还藏着这么一个大家伙。

裴欢被他问得更加奇怪了，摇头说："没有，怎么了？"

"那就好。"他说什么都是淡淡的，这么多年身居高位惯了，轻飘飘一句话扔出去，江河湖海，万事太平。

可她太清楚他的脾气，实在没办法，认真对他说："你别哄我，姐姐突然被人带走，你这时候一个人跑到店里看什么石像，还和我说没事？"她真的怕了，突然哽咽，"华绍亭，你不能再瞒我。"

这明明就是出事了，可这一次离奇的变故凭空而至，一点预兆都没有，让裴欢无从说起，毫无头绪。

她急匆匆地出来，跑了一路，额头上还有汗，他看着心疼，拿了手帕过来想给她擦，她不吃这一套，抓住他的手，又不知从何说起，欲言又止的样子惹得他直笑。

裴欢不明白他怎么还有心思在这磨时间。

"姐姐精神状态不稳定，万一受了刺激……她到底怎么了，为什么总有人想从她身上下手？"

"不会的。"他口气笃定，耐心地把她的头发别到耳后，轻轻告诉她，"你放心，我会找到她。"

仍旧是这一双眼，沉沉望过来，她就信他。

裴欢努力回忆，把自己能想起来的事都告诉他。

"前两天是有人来找东西，但不是石像。有个女人到店里来，举止很奇怪，转了一圈不肯走，非要看什么水晶。"她试图想起那个不速之客，"她要找的好像是白水晶洞，我说从来没见过，这里也没有，把她送走了，后来也没再见她来过，但今天护工见到的人……"

华绍亭正往楼下走，准备带她离开，听了这话忽然打断她问："什么时候的事？"

"就是前几天，清明之前。"裴欢渐渐想起那天一连串的对话，"对了，她好像提了一句说见过我，可我根本没印象。"

她当时没往心里去，只当是追过来找新闻的八卦记者。

华绍亭不置可否，没有继续说下去，只是看了眼时间提醒她："走吧，笙笙应该到家了。"

他让司机过来接，很快车就等在了外边。

裴欢被他问得满心疑问，反复打量店里的东西，却什么也没看出来，华绍亭率先将门推开，带她上车往回走。

天快黑了，原本该来的雨还是没有下，日光退去之后，空气里那股潮湿的气味藏不住，一点一点被风揪出来，吹得人心神不宁。

车里的气氛异常平静，华绍亭神色安定，他既不着急去查裴熙的下落，也不提发生了什么，就只是回家而已。

"哥哥……"裴欢手指发凉，忍不住叫他，"你必须告诉我，不论发生任何事。"

华绍亭意识到她紧张过了头，过去的经历毕竟伤人，他刚想开口，又被她急急地打断："你要记得你的身体状况，你不能再出事了，你是个父亲。你有我，有笙笙，你说过不再管敬兰会，就算外边闹起来，谁死谁活都和你无关！就算……就算真的需要你出面，我也可以和你一起面对。"

不要再一意孤行，不要再一个人挡下所有的事。

裴欢克制不住发抖，几乎说不下去。

华绍亭这一生心力耗费太过，一手将敬兰会推上霸主地位，最终放手离开兰坊。他苦心安排自己病逝的假象，只因为余生所剩无几，再经不起任何意外。

他的古董店和家选在同一片住宅区，只隔着短短两个路口，路途太近，甚至来不及让裴欢再和他说下去，就到家了。

华绍亭握紧她的手，笙笙欢呼一声扑过来，手里拿着今天在学校得奖的书法，得意扬扬地要给爸爸看。

小孩子笑脸天真，如同某种曼妙生长的植物。华绍亭俯身抱起她，孩子撒娇要奖励，那样子生生能把岁月风霜都磨尽了，让人整颗心都柔软起来。

于是这一瞬间什么都没发生，家还是这个家。

裴欢鼻子酸涩，强压下担心，眼看这场面，终究不忍心打破。

他回身看向裴欢，轻声和她说："我知道，我都知道。"

他不是谁的神，也不是人人畏惧的华先生，他站在这里亲吻他的小女儿，就跟每一个普通人一样。

烟火人间，隐居一方，可惜平凡度日对于这个男人而言，竟然成了奢望。

裴欢几乎控制不住，一瞬间眼眶温热。

那一晚并没有什么不同。

学校布置了劳动作业，让孩子邀请父母共同参与，裴欢只好去和笙笙一起做手工。华绍亭一向喜静，早早进了书房，一直没去打扰她们。

临近十二点才忙完，裴欢好不容易哄小祖宗安静地躺上床，这才有空喘口气，却根本没有心思睡。

她披了衣服下楼，老林热好牛奶端给她，守在客厅和她说："夫人耐心等一等，出了事总有解决的办法，今天先早点休息吧。"

老管家头发近乎花白，人却精神，说话的口气四平八稳，连眼神都规矩，一句话说出来，让人听不出是宽慰还是嘱咐。

她真是急也没用。

裴欢坐在沙发上喝牛奶，听见这话又觉得一切都像回了兰坊，人人缄默却背后藏了一双眼，只有她看不清深浅。

她心里不踏实，思前想后，放下杯子上楼，走到一半又想起什么，吩咐老林道："去和先生说一声，让他先睡，今晚我陪笙笙。"

她心里赌气，故意不亲自去和他说，径直回到女儿的房间，直接关了灯。

这一晚，时针好像成心和她作对，越想打发时间越难熬，她听着孩子规律的呼吸声闭上眼，原本想多少先休息一会儿，可是翻来覆去，一点困意都没有。

房子里上上下下终于没了走动的声音，她细细地听，窗外好像又起了风，最近天气实在不好，不知道沐城还要刮出多大的风雨，一连几日无休无止。

她讨厌这种无谓的预兆，就像她离开华绍亭的那几年，是哭是笑都流泪，好像活该逃不出这该死的命运。

裴欢怕吵醒女儿不敢再乱翻身，只好直直地躺着，一直耗到了后半夜。到最后，她脑子里乱哄哄的，像看快进的镜头，有那么几分钟迷迷糊糊地梦着，竟然看见了姐姐。

她和裴熙是亲姐妹，可是性格却截然相反，家里出事的时候两人都是小孩子，裴欢太小，当年根本不记事，长大了也无从查找父母的过去，因而不清楚彼此到底更像哪一方。她只记得姐姐终年消瘦，目光毫无神采，几乎不肯和人交流，总像在躲什么……

半梦半醒地躺着，做一段支离破碎的梦，直到窗外的风声再次呼啸而至，惊得裴欢猛然又清醒过来。

凌晨已过，笙笙早就睡得熟了。

她起身给女儿盖好被子，打开房门独自离开。

裴欢没有惊动任何人，悄无声息地深夜外出，只为再次回到古董店。

那条路在白天看起来很短，可如今四下无人，路灯遥远，她拼命加快脚步，总觉得还不够，直走得自己心里发慌，最后几乎跑了起来。

时间太晚，连市中心的灯火都暗了。她一人独行，天地之间就只剩下身侧一片安静的灌木，除了风什么都没有。她贴身穿着一件真丝睡裙，出来的时候也只拿了一件开衫披上，越跑越冷。

她不是不信华绍亭，她只是和自己赌气。事到如今，陪着他连生死都闯过来了，没有任何事能动摇彼此，只是她无法克制心里某种可怕的直觉……毕竟裴欢是华绍亭这只老狐狸养大的，她比任何人都清楚他行事的规矩。

有些事必须黑白分明。既然白天华绍亭不肯和她解释，那么这事多半是道上的变故，他就绝对不会把她牵扯进来。可是这次被人从医院带走的是裴欢的亲姐姐，她不可能当作什么都没发生。

古董店里那尊石像一定和整件事有关，今时不同往昔，他们好不容易换回这个家，谁也不能再冒险，她需要答案。

沐城最终还是下了雨。

裴欢从进门到上二楼，只不过转眼工夫，一场雨来势汹汹，引而不发，从清明开始一直拖到如今，等到所有人都忘了的时候，它兀自来在风里轰然而下，瞬间倾盆。

她自然顾不上关窗，只记得借着光，仔仔细细看那座石像。这几年它一直被遗忘在角落里，难免有些落灰，但还能看出来上边雕的是一尊佛像。

普普通通，年头长了，看不出有多精致，雕工没有落款，自然分辨不出有多大的来头，她实在看不出这种东西值得谁惦记。

雨声越来越大，还伴随着雷电，窗纱被高高地吹起来，一屋子贵重的木头浸在潮湿的空气里，很快散出一股奇异的香。裴欢最害怕打雷，这是她从小的毛病，后来长大了，连她自己都觉得幼稚，却根本没法克制，就算在睡梦中也会被噩梦惊醒。

眼看暴风雨愈演愈烈，她想关窗又不敢过去，下意识伸手扶住了那座石像，手下一用力才觉得不对劲，又回头去看。

这块石头摆放不稳，靠墙的那一面显然不平……裴欢突然明白了，她现在面对的这一侧，并不是石像的正面。

有人在它背面雕刻，只是为了掩饰。

女人总是相信直觉，这微妙的念头如同潘多拉的魔盒，只要动了心就藏不住，终究要一探究竟。

雷声突如其来，裴欢听得心惊肉跳，她现在这样困在店里没有别的选择，于是沉下心，伸出双手用力，想要把它转到正面。

石雕的佛像很沉。因为整体庞大不好移动，所以当初搬运的时候早早有人在下边装了滚轮，裴欢用尽全力，终于把它推动，一点一点转过来。

闪电持续不断，窗纱缠在一旁的屏风上，随着风雨卷进来，哗啦一声终于彻底把它带倒，风雨扑进来，裴欢根本来不及去管，只记得把灯都打开。窗外雷电交加，光线稍微亮了，可墙上还是映出一道道惨白的印子。

那座石像内里中空，正面有巨大的剖面缺口，被人精心用丝布封住了，连边角都格外留意，一丝不乱，似乎是怕尘土落进去。裴欢克制住自己对雨夜的恐惧，勉强费了一番工夫，终于把遮挡物揭开，她这才发现它原来不是一个普通的石雕，而是一座庞大的水晶洞。

裴欢终于明白它为什么要被反着放在墙角了，她借着光看清里边的样子，浑身一震，一瞬间险些叫出声，反应过来之后死死捂住了嘴。

日夜交替，这世界还有太多不能妄测的梦，远比雷声可怕得多。

那是座巨大而诡异的水晶洞，无数暗红色的印子蜿蜒而下，原本应该剔透的白色晶柱上遍布干涸的血，淅淅沥沥，历经陈年风化后凝成了古怪的疤，几乎满满积成了一个血洞。

第三章 · 知止后定

暴雨持续了很久。

裴欢把水晶洞原样推了回去，千头万绪，最后只能一个人对着佛像浑身发冷，她坚持自己来找答案，却不小心翻到一出陈年冤案，根本不知道是谁的戏本。

每一段来不及细说就被人封存的故事，大多没能善终。

一楼旧物，千年朽玉，百年楠木，件件都比人长久，而这人间每条路都不同，天差地别，这也是华绍亭早早就想让裴欢明白的。

她这一生，十几岁就认定了他，什么样的长夜她都见过，到今天这一刻，却忽然觉得自己还是年轻。

华绍亭终究比她大了十一岁，那些多出来的时光恰恰是她永远无法想象的过去，整个敬兰会乃至兰坊那一条街，人人都只记得华先生，却都忘了他的来时路。

就像这家店，每样东西安静陈列，但总该有来处。

裴欢曾经好奇，过去那些年偶尔想起来就去问他，可惜华绍亭从来不做没意义的事，比如回忆，这种浪费时间的事他懒得去想，随口几句话就把她的问题都打发了。

她只知道他母亲早逝，十四岁之前都住在外祖父家里，他母亲家里也算书香世家，环境很好，后来被他父亲那边接走，再大一点就进了敬兰会。

而后二十年血雨腥风，华绍亭身有宿疾是致命弱点，他这样的情况换了别人，在兰坊这种吃人的地方一天都熬不住，可他最终却成了所有人的主人，几乎开创一个时代。

他是怎么一步一步成了人人惧怕的华先生的？

水晶洞里的血迹又是谁的血，为什么藏了这么多年？

风雨顺着半开的窗户灌进来，裴欢浑身冻僵了，颤抖着看向楼梯，这才想起应该先回家，可是她刚一转身，灯突然灭了。

她吓得死死掐住自己的手，勉强镇定下来，幽暗的环境让雷电显得更加清晰。她背对着窗边一阵一阵发抖，几乎站也站不住，摸索着找到开关，却发现按了也没反应，好像是停电了。

她不知道这和暴雨有没有关系，但店里四下一片漆黑也没别的办法，她迎着风拼命把窗户关上，这才喘过一口气。

裴欢开始后悔当时选了旋转的木质楼梯，在这种完全没有灯光的深夜，她想顺利下楼成了一件难事。尤其最近华绍亭玩起了盆景，前两天才刚让人抬过来几盆试手的对节白蜡，依次摆在楼梯边上，她还得小心避让不能绊倒，于是只好一级一级地往下走。

她刚下到一半，一层又传来一阵奇怪的动静。

裴欢下意识停住了，难道店里除了她还有人？她不知道那是风还是别的什么，屏住呼吸，只听见像是衣服摩擦的声音。

她这一天提心吊胆过了头，到这会儿已经来不及害怕，反而一下被逼得胆子大了，也不知道哪来的勇气，伸手在盆景附近摸索，找到了一把花艺剪刀，想也不想抓起它藏在背后，慢慢下到一楼。

她仔仔细细去分辨，一时之间倒也没什么声音了，除了极远处的风，店里上下安静。这一下让那风听上去呜呜咽咽分外瘆人，近乎某种遥远的哭声。

裴欢摸索着找到楼下灯的开关，试了试还是没反应，她正要往门口走，忽然看见大门半开，那两扇木门虽然雕了纹路，但百年木料极其厚重，风雨自然推不动，显然是有人不请自来。

乌云密布的夜，月光实在奢侈。

闪电很快透过门板在地上划开一道极亮的印子，短短几秒之间，裴欢终于看清地上不止她一个人影。

她瞬间回身，有人藏在黑暗的楼梯旁，与此同时突然向她扑了过来。

裴欢本能往后一退，死死抵在门板上，这一切发生得太过突然，她甚至想好假如对方再往前一步她就直接捅过去。还来不及做反应，那人却突然顿在她身前，脖子被另一只手掐住，让对方进退不能，僵在原地。

凌晨时分，大雨倾盆，一家没有名字的古董店却难得热闹。

裴欢一声尖叫硬生生哽住了，她这才看清想要袭击她的是个男人，之前从未见过。

那人的目标是裴欢，暗中出手，根本没想到这屋子里还有第三个人。他的咽喉突然之间被人扼住，瞬间就能要了他的命，他大惊之下下意识枪口掉转想要转身，双手却控制不住发抖，整个人汗如雨下动也不能动。

四下昏暗，唯一的光线是从大门的缝隙透进来的，于是那突如其来的一双手显得格外诡异，近乎没了血色，就这么从最暗的地方伸出来，速度快得让人反应不过来，但从头到尾，动作稳而从容。

这一夜如同噩梦，裴欢惊骇之下几乎蒙了，半天才缓过神，她开口想说什么又说不出，只能愣着站在原地。她看见那双手持续用力，而手下的人就在她面前几步远的地方动也不能动，胸腔剧烈起伏，直到他涨红了脸，再也站不住，险些就要跪下。

裴欢终于找回了一点意识，看清了站在闯入者背后的人，颤抖着叫出来："大哥……"

三个人僵持着，裴欢身前就是对方颤抖着的枪口，如果刚才华绍亭再晚一秒，闯入者就能轻易制住她。

裴欢后怕不已，眼看形势危险，不敢乱动。

那人显然也没想到自己今夜会遇到这样的情况，不管他是谁派来的，选在雨夜偷偷摸摸闯入古董店只为了找东西，却没想到被裴欢突然出现搅了局，仓皇之间只好暗中向她下手。

他痛苦地低喘，恐怖的窒息感逼得他只能低低地挤出几个字："华……华先生……"

身后的男人轻声笑了，右手又慢慢地按在他头顶之上，谁都清楚他这样用力扭过去的后果，那人近乎瘫软，手里的枪再也拿不住直接砸在地上，嘴角克制不住地抽搐，一个字也不敢再说。

裴欢开口逼问他："说！谁让你来的？"

对方哪还说得出话，只是咬紧了牙，憋得满眼血红。

华绍亭微微探身，侧脸几乎贴近了手下垂死挣扎的人，他说话太轻，窗外这一整夜的风雨轻易就能盖过了他的声音，但他说的话却又清清楚楚，一个字一个字压过来，他说："放心，你不会死在这里。"

多像一句安慰，但那人痛苦地闭上了眼睛，就好像这几个字是磨利的刀尖，顺着骨头刮过去，能断了他的脊梁，比死还绝望。

"回去告诉她，我在，东西也在，让她别着急。"华绍亭顿了顿，向后退了一步，然后手指一根一根松开，他手里的一个大活人却像木偶断了线，扑通一声跪在当场，而华绍亭连站的姿势都没变，居高临下看向地上的人继续说，"还有，今时不同往昔，阿熙病了，如果她想叙旧，找错人了。"

裴欢仔细打量地上的男人，确定对方是个完全不认识的陌生人。她踢开地上的枪，把门口的位置让出来，那人跪在地上挣扎着喘气，只断断续续地念："华先生……"他明显震惊于华绍亭还活着的事实，这事实似乎能抽干了他的血肉，直逼得他畏畏缩缩，控制不住蜷缩着拼命往后躲。

裴欢低声提醒华绍亭，虽然根本不清楚对方是谁的人，但今天只要让他回去了，那华先生还在世的消息显然就会有人知道。

华绍亭轻轻摇头，伸手示意她过来。裴欢立刻站到他身后去，他拍了拍她的肩膀，她也就一句话都不再说，这一晚上一颗心终于归位，才感觉到睡裙湿透了之后又冷又硬，风一吹，冻得牙齿发抖。她脸上湿漉漉的，分不清是卷进来的雨还是紧张的冷汗，也顾不上擦拭。

老林等在店外不远处，下了车为他们撑好伞，华先生没有出去，他也就一直沉默地站在雨中。古董店的电路被切断了，路旁等着的车很快掉过车头，开着远光灯从侧面照过来，方便取光。

闯入的男人顺着门口半跪着爬了出去，一抬头正对上老林，明晃晃的车灯正好打在眼前，他慌得浑身一震，倒在雨地里动也不敢动。

那人脖子上赫然一道血印，已经处在濒临崩溃的边缘，这时候再被冷雨一激，终于丧尽了最后一点力气。

华绍亭已经不想再看，只伸手把裴欢拉进怀里，一时之间只感觉到她浑身湿透带着寒气。他终于不耐烦了，目光蓦地沉下去，看也不看地上的人，一句话扔过去："滚！"

一夜仓皇，早就已经算不清是几点。

裴欢在他怀里终于找回了意识，只觉得自己今天也到了极限，差一点，晚一步都能要了她的命。

这雨下得时间久了，只剩下嘈杂的雨声，听不清也看不见，她心力交瘁，说不出话，只觉得这天永远都不会亮。

老林看先生和夫人要出来了，很快迎过去，他从始至终都没有看地上的人，好像人和雨水没有任何分别。老林很快走到了那人身旁，脚步被对方的肩膀挡住，他连既有的路线都不变，不闪不避，就这样顺着路踩在了对方肩头，慢慢地蹍了过去。

凄厉的惨叫，地上的男人活像见了鬼，疯了一样爬起来，气都没有喘匀，挣扎着冲了出去。

华绍亭接过老林带来的外套，把裴欢整个裹在里边，准备马上回家。

裴欢确实冻坏了，一暖和下来才感受到实际的温差，克制不住地发抖。她往车的方向走，走着走着突然站住了，拉住华绍亭想要解释，她夜晚突然离家的事实无可回避，但他好像不想问，陪她站在雨里，定定看着她，叹了一口气。

她就怕他这样，华先生的坏毛病很多，事无巨细，思虑过甚，哪怕是她也始终无法劝他稍有松懈。

"我来这里，是怕你又把事都挡下来，我想弄清楚石像的来历，我想知道发生过什么，为什么有人来找它？"裴欢终于找回了理智，一句一句说得很认真，"不管出了什么事，只要涉及你，那就与我有关。"

她的头发已经湿了一半，冻得唇齿上下打战，断断续续还偏要说完。他看着看着，觉得如今面前这样固执的一张脸和少女时期的裴欢忽然重叠，她觉得自己有理，活脱脱像只骄傲的猫，张牙舞爪，永远有着骨子里透出来的小性子，十年前后竟然没有任何分别。

华绍亭有些无奈，有时候他觉得他的裴裴早就长大了，刚刚放心没几天，又发现时间这东西不可信，就像她这么站在这里，大夜里独自跑出去遇到危险，明明怕得浑身发抖却还牙尖嘴利。

他能有什么办法？这世上的诱惑无非那几种，权势名望，金钱利益，有了又如何，就算他一句话能让人出生入死，可到了这一刻仿佛都没什么用，他依旧还有她，怪不得，骂不得，淋一场雨他都舍不得。

可能这就是命，华绍亭也花费了很多年才最终弄清楚，命里总有这么一个人。

下雨了，要带她回家。

这一晚没人睡得踏实，其实裴欢出去之后，老林马上就起来了，上楼去找华先生。

当时华绍亭已经回了主卧，但一直也没有休息，一个人半躺在床上看书。他听见裴欢跑出的消息只是点头，眼睛都没抬，过了一会儿才看了一眼时间，说："她就是这脾气，去就去吧。"

他当然知道裴欢在和他赌气，故意不理人跑去陪女儿，他也知道她什么时候下楼，更听见她什么时候出的门。

只不过华绍亭远比别人更清楚，每个人的去处都是自己选的，山高水远，一步一步磨成路，他拦不住她，也就干脆不去拦。

老林看看窗外对他说："夫人没拿伞，眼看这雨就要下起来了。"

华绍亭慢慢翻手里的书页，他看的是这两天给笙笙拿的书，随便用笔轻轻顿在一句话上："知止而后有定，定而后能静，静而后能安，安而后能虑，虑而后能得。"

老林看他一心拿书看得认真，好像根本没打算有什么吩咐，于是只好去笙笙的房间轻轻推门看了看，孩子倒是睡得熟了，丝毫不知，他这才放了心。

老管家只好又转回来等在主卧门口，华绍亭还盯着那句话，过了一会儿忽然圈了几个字出来：知、定、静、安、虑、得。

老一辈人总说世道艰难，如今又怪人心浮躁，无论到了什么时代，单挑出一个字来，都难做到。

那书是本旧书，不知道是过去什么时代的手抄石印版，华绍亭留下的东西没有凡物，动辄拿出去都没人敢轻易估价格，只是他自己没工夫清算，找出来清理干净灰尘，就拿去给孩子对照着练字用。

他靠在床上一直在想些什么，房间里更加静了，隐隐散出一股沉水香的味道，卧室的另一侧只剩一扇模糊的窗，看得远了也只有夜色磅礴，半点星光也没有，这样的夜显然平淡无奇，根本不足挂心。

老管家又低声提醒他："先生，毕竟夜深了，夫人一个人出去不安全。"

058

华绍亭微微皱眉，明明听见了却也没答话，他细细看那几个字，过了一会儿说了一句："长点记性也好，孩子都这么大了。"

窗外的风越来越大，雷雨转瞬而至。

闪电打下来的时候，老林看见华先生终于抬眼了，他打量着窗外的大雨，终究还是合上书起来了。

老林松了一口气，端端正正忍住笑，去替他拿外衣叫司机。

幸好，这人生中的每一步，他来得都不算太晚。

这场雨依旧无休无止，店外显然也不是什么久留的地方，华绍亭一时想得远了，沉默看她。裴欢平复下心情还要说什么，反反复复，却只剩下半句哽咽："我来这里是因为我想知道……"

那些他没提过的前半生。

这家古董店可能是他临时起意，但连外人都知道它里边的东西件件有故事。

华绍亭一点也不意外，盯着她忽然笑了，淡淡接一句："可是我来这里，只是因为下雨了。"

裴欢害怕雷雨，从小到大那么多年，他们住在兰坊，不管华绍亭有多忙，一遇到突然下雨的夜，他不惜穿过一座城也要赶回去守着她。

裴欢的眼泪怎么都收不住了，满腔悲喜都被这句话压下去。风带着湿漉漉的水汽钻进伞底，华绍亭身后的雨势瓢泼，除了裴欢，没人能让他在这种时候冒雨而出。

她颤抖着伸手，喃喃催他先回家，又把伞拉过去不让他沾到雨水，一刻也不敢耽误。

华绍亭看她终于肯走了，转身上了车，把她抱在怀里，下颌轻轻抵着她的头，他的声音从正上方传过来，在窗外瓢泼的雨声里越发轻了，近乎叹息："裴裴，发生过的一切改变不了，我最庆幸的，就是你什么都不知道。"

他很少这么说，说得裴欢眼睛发酸，她身心俱疲，累得闭上眼睛只想赶紧睡一觉。这雨持续在下，像是攒了大半年的力气，恨不能一夜倾城。

她觉得自己很久没这么软弱，也许是因为离开兰坊两年了，平淡如水的生活也过久了，连一场暴雨都显得不真实。她多希望自己再睁开眼，姐姐还在医院静养，古董店里也只有一座普普通通的石雕……

她做了那么多荒诞的梦，可是醒了却不能忘。

临近凌晨五点钟，雨势终于转小。

裴欢回家之后觉得头疼，被风吹得缓不过来，还是着了凉。她被华绍亭盯着喝了姜汤吃了药，精神松懈下来，终于肯老老实实躺下休息。

沐城这一夜乌云凝重，阴沉沉没有一点天亮的意思。

已经快黎明了，华绍亭还没睡，叫了老林进书房，却很久没说话。他看着自己刚才出门前圈出来的几个字，想了一会儿才说："我真忘了那是哪年的事了，十几岁？"

老林缓缓接话："是先生成年那一阵，老会长特意算着日子，就等那一年要选出个继承人。"

他点头，又说："二十年了，我确实没想到她会回来。"他把书页放在手里慢慢地捻，前后折腾一夜他也有点儿累了，于是侧过身，半靠着椅子随口和老林聊起来："以前他们总在背后说我是什么老狐狸，传来传去都邪了，好像我什么都能算计……我哪有那么多闲工夫？你看看，我出来才歇了几天，二十年的东西都被人盯上了。"

他越说越觉得可笑，好像关于自己的传言没半点可信，随手把书扔过去，任由老林替他收拾。

老管家已经在兰坊里守了半个世纪，几代人的秘密都成过眼云烟，早不差这一两段往事，自然毫不惊讶，他看了看门口，放低声音问华绍亭："先生，需要联系她吗？"

华绍亭摇头，声音越发轻了："不用，直接打给陈屿。"

"先生对会长有交代？"

华绍亭似乎想起了什么，叹了口气，没有马上吩咐。

书房的窗外对着一片林子，这时候已经远远有了鸟叫，天光透出来，一点一点勾着人走到窗边去看。

雨后的树林蔓延出一片灰绿色的影子，这场大雨总算是下透了，把连日来的闷热终于洗干净，一口气呼出去，草木清凉。

华绍亭眼前微明的光线脆弱难辨，看不清哪里有鸟……他这才模模糊糊想起来，二十年前那一天也是雨后，沐城历来四季分明，春天来得早，雨水也多，花草树木一季一轮回，唯独凡夫俗子没这好的运气，那些前半生来来回回数不清的日夜，还有多少狂风骤雨的日子，根本数不清。

人的记忆是有选择性的。关于曾经的故事，再去回忆总觉得不那么难熬，这一夜和一生终将等长，一旦过去了，就沉入千百幅往事中的一帧，早晚无迹可寻。

生和死这点事，华绍亭这辈子可算看得多了，再轰动的本子翻烂了也不过如是，活着的人大多困在自己的记忆里，故去的倒也省心，无非由着后人唏嘘，仅此而已。

只不过连他都忘了，尝过生，也经过死的人，演起来才最投入。

华先生的电话很快打回了兰坊，会长陈屿一大早突然被叫起来，不知道发生了什么变故，守在电话另一端。

陈屿虽然手握敬兰会两年时间，却日日如履薄冰，如今更是紧张得呼吸急促，手足无措，一直在等华先生的意思。

老林压下听筒，回头轻声提醒他："先生？"

华绍亭揉着额角，依旧靠着那扇窗，他并不亲自去接电话，听见老林的提醒仅仅抬起头，一双眼忽地冷了，只有一句话，不轻不重地交代下去："让他派人，好好照顾徐慧晴。"

第四章 · 别来无恙

沐城很多年没遭过大雨，这城市一向风大干燥，并不像潮湿的南方，这次赶上一场百年难遇的暴雨，降雨量激增，一夜的时间，几乎下成了灾。

天亮之后，城里各个路段都有积水，幸好昨天这雨一直憋到了夜里才下，没赶上出行高峰期，否则像这样的老城排水不及时，很容易就会酿成事故。

新闻里一时全部变成了和疏导积水相关的内容，连名人八卦的时长都被占了。裴欢醒过来就开了电视，没看进去什么东西，只为了分散自己的注意力，不想没意义地胡思乱想。

她淋了雨有点儿发烧，吃药之后整个人好像睡不够，困得浑身没劲，强行撑着最后一点精神听着楼下的动静。

老林一如往常，送笙笙去了学校，她这才稍稍安心，迷迷糊糊一直躺到了午后。

这一觉格外沉，偏偏后来她睡得浑身发热，迷糊着要醒过来却又一直没醒，潜意识作祟，断断续续做了一些离奇的梦。谈不上什么情节，可能是她昨天夜里的印象太深，梦里总晃过一座佛像，慈悲眉目，肃穆的雕工看得久了，让人心头发紧。

最终她被热得醒过来，梦见了什么都混乱得拼凑不起来，只是突兀地想起雷雨之下那座可怕的水晶洞。

华绍亭一直在卧室陪着她，等她发了汗，让人煮汤拿上来，催她多少要吃点东西。

裴欢嗓子疼，说话难受，于是活脱脱成了淋雨的病猫，这会儿只能老老实实地靠在床上，一边喝汤一边看他站在桌旁，随手翻找东西，挑挑拣拣，数不清的沉香珠子。

"那座石像看起来很多年了。"她忽然说起来，她不知道水晶洞这件事的来去，但事到如今却不再像年少时那么不知深浅，敬兰会能够维持百年至今，靠的就是代代相传的规矩，这条路上从来没有干净的东西，之所以要被封存，必然有它的波折。

华绍亭看了她一眼，不置可否，点头说："那是当年老会长传下来的，上一代的东西了。"

老会长是陈屿的亲叔叔，也是收养照顾他们的人，过去陈家人一直住在兰坊的朽院，如今敬兰会交还到他们后人手里，过去那些亲属连带着传下来的物件，依旧还是跟着陈屿都回到那座院子里。

裴欢很少看华绍亭留别人的东西，何况那石像极其沉重占地方，她一时更觉得有些奇怪，问道："你是特意把它从朽院搬出来的？"

好像这个问题没人问过，华绍亭自己都没留心去想，他在手边找到了一串珠子，手指微微地摩挲，淡淡的香就漫出来。

他停了一下笑了，想了想才和她说："你这么一提我才发现，老会长真没留给我什么好东西，一个敬兰会，还有就是那佛像。"

他走到裴欢床边来，把被子给她盖好，没有再往下说，没说它真正的来历，也没说里边的样子为什么要被仔仔细细地藏起来。

裴欢下意识伸手拉住他，连看他的眼神都开始紧张。

华绍亭摇头，轻声说："我没想瞒你，这次的事我不提是因为你不能碰，过去道上的变故，没有牵扯到你，不要乱想。二十多年前我第一次看见它的时候，你还没有笙笙大……估计还在家哭鼻子。"

她笑不出来，脸色发白，于是只好一直握着他的手，他的手指凉却微微用了力，直到她定下心。

华绍亭这辈子活到今天，也就只肯伺候她，眼看裴欢可怜兮兮地躺着，他难得动一动，亲自过去把香案上燃着的沉香换了，又去拿刚找出来的一串细小的奇楠珠子，温了一会儿放在她枕边，香气缓慢挥发，不冲鼻却能隐隐散出安神的气味，总算把她安慰好，他才起身去拿衣服。

更衣室的外侧用罕见的巨大藤雕做了隔断，枝蔓蜿蜒的缝隙里点一盏朦胧的灯，白天也能保持光线。衣柜开了门，遥遥又渗出些香樟的气味，整个卧室的空间安静又分割明确，都是他喜欢的风格。

过去在兰坊，他们住在海棠阁里，那座院子清静又宽敞，一株海棠成了标志。裴欢从小到大习惯了老建筑留下的印记，如今自己出来住，一样选的都是传统的格局。

她看出来华绍亭还要外出，拿了深色的薄外衣和手套。裴欢原本不想再劝，看着看着还是忍不住和他说："你不方便自己出去，通知会长派人陪你去吧？"

"不用，去接阿熙而已。"

她端着汤碗的手不自觉用力，坐直了问他："你知道她在哪儿？"

华绍亭从里边转出来，拍了拍手套，没什么意外地点头，用简简单单的口气说："她不会有事。"

"你既然知道她在哪儿，为什么不直接让司机去接她回来？"

　　"对方费这么大工夫把阿熙带走，无非就为了见我一面，我去才能解决问题。"他过来伸手试了试裴欢额头的温度，总算放了心，于是站在床边按着她的肩膀，一字一顿交代道，"裴裴，听话，别冒冒失失四处乱跑，好好在家里睡一觉。另外，我要是回来晚了……"

　　"大哥！"她这几天悬着一颗心，最不能听这种话，生怕他往下说。华绍亭却笑了，做了个"嘘"的手势，自顾自安排道："紧张什么，我是看下雨天气潮，如果我回来晚，你记得让老林带人去店里，店里上下都要做除湿，那些木头年头太久了，受不了今年这么重的湿气。"

　　三言两语，华绍亭眼里从来没有什么难事，好像从来没下过那一场暴雨，裴熙也没有被人带走，他还有闲心想着那些宝贝。

　　他叫了老林吩咐准备车，下人们自然按惯例，要安排司机跟他去，但这次他却谁也不带。

　　"先生，还是我开车送您过去吧。"老林也有些犹豫。

　　"不用。"

　　华先生从不亲自和外界接触，过去在敬兰会他想出趟门都有无数人跟着，越到如今事态不明的时候，他反倒要独自外出了。

　　老管家听见这话顿了一下，躬身过来想再劝些什么，但华绍亭摇头，他也就什么都不再说，答应着出去了。

裴欢真是急死都没用，一口气堵在胸口，这一下她连汤也喝不下了，又被他气得无话可说，于是只能从床上爬起来冲到门边，挡住门狠狠瞪他。

华绍亭由着她闹脾气，可是刚走了三两步就被她挡在卧室里出不去，他无可奈何，只好缓了口气哄她："放心，我很快就回来。"

"医生早就禁止你独自开车了。"

他微微皱眉，丝毫不在意地说："真按他们说的，我应该躺回医院每天插着管子。哪至于。"

"上次你回去解决叶靖轩的事，是怎么和我说的？"裴欢彻底上了脾气，"你说陈峄有麻烦，他年轻不经事，一点小冲突闹大了，没必要把整个敬兰会搭进去，那次必须你出面。好，那是你们的大局，敬兰会的大局，我同意了。"她越说越快，"你说以后为了笙笙，绝不再管外边的事。"

裴欢穿着厚的睡裙，头发乱着散在肩上，她昨夜惊吓流泪之后眼睛还肿着，偏偏就是一步不肯让。她怎么也想不明白，为什么出了事永远要落到他身上，他已经不是敬兰会的华先生了。过去的盛名和传言都该随着清明的烟火烧光殆尽，如今的华绍亭只是一个好不容易熬过来的病人，再也不是谁的神。

怎么全天下那么多人，在他眼里就找不出一个能用的。

裴欢真的不知道还能说些什么，明明清楚谁也劝不住他，思来想去气得和自己较劲。

　　"是，我帮不了你，我担心姐姐……陈屿原本也不是个能托付的人，你坚持把敬兰会还到他手上，现在还费时间精力帮他，你以为你是谁！"

　　她说着直咳嗽，捂着嘴还要争辩，难受得眼睛都红了。

　　不是她胡搅蛮缠，而是余生有限，他们实在浪费不起。

　　华绍亭轻声打断她，过去拍着她的后背才让她缓过一口气，他如何看不出裴欢这点心思，只觉得怀里的人止不住在发抖，又担心又害怕的样子直惹得他心疼。于是他干脆把她整个人从门口抱起来，好好放到床边，按着她的头靠在自己肩上，等她平静了才开口道："裴裴，我说过，除了你和孩子，如今我谁也管不了，也没心思管。"他给她披上衣服，"陈年旧事，几个闲人闹一闹，我才没工夫理，只不过如今他们都折腾到店里去了，差点伤了你，那就坏了规矩，这一篇就没那么容易翻过去了。"

　　老管家等在卧室门外，轻声说已经准备好了车。

　　裴欢总算死了心，华绍亭既然都这样安排了，显然毫无转圜余地。

　　裴欢知道这就是她自己选的路，她太年轻就将一生都赌出去，竟毫不后悔，仿佛她和华绍亭之间有某种旁人无法理解的孤勇，他为她的成长和任性负责，而也只有她能在这种荒唐的雨夜之后如他所愿。

她心里翻江倒海，但最终没再阻止华绍亭。

暴雨过后，天气微凉。

华绍亭这一次是真的说了大话，因为他其实很多年没自己开过车了，于是华先生刚开出小区之外，就觉得有点烦了。

电台里一直在播，四处都有积水，估计城里路上也很不好走。

他这个人啊，能不亲自做的绝不动手，他已经想不起来自己上一次私下出门是什么时候，唯一离得近的事，还是前两年，那会儿裴欢要退出演艺圈，最后和她的经纪人在咖啡馆约了见面，他陪着她去，身边就跟了几个随行，说好了临时起意，他们只是随便走走，没想到竟然半路出了事，闹市火并，又闹得整个沐城人心惶惶。

看戏的人在台下泪流成河，写戏的人知道如何落幕，必然冷眼旁观，当一个人提前知道自己的结局，总是习惯收敛热情，对任何人事都保持距离。华绍亭就剩下这最后一点心气和热情，好不容易拿出来，统统给了裴欢。

过去在兰坊，华绍亭身边有个私人医生叫隋远，是个医学天才，一直跟着他，随时照看他的病情，那会儿隋远每年都在他耳边念叨，一年一年给他数日子，时间过得也快。如今大家都散了，他自己眼下一边开车一边算了算，才发现已经活到了第三十八个年头。

小时候他们都说他的病活不过十几岁，后来大了，医生又拿二十五岁当他的生死大限……想想真是讽刺，人人都说活着不易，可是一到了他这里，仿佛就变成注定短命。这位传言里狠毒可怕的华先生说到底也没多大岁数，但怎么老被人念着咒着，就像平白多占了几辈子。

他想着想着，突然又记起当年隋远给他下的定论，说他是祸害遗千年。他一边琢磨过去的事觉得有意思，一边抬眼看见路口亮了红灯，于是慢慢把车停了下来。

这是沐城难得清静的住宅区，开车去往市区中心最繁华的商业地段还有段距离，于是在这样一个工作日的午后，整条行车道上也只有他这一辆车。

红灯的倒计时还有二十秒，前方的十字路口过了就是高速，两个方向，能去市区，也可以出城去更远的地方，他盯着那路口看，手指随着倒计时轻轻敲着方向盘。

忽然左侧窗外有人走过来，刚好挡了光，对方一路顺着车身往前走，正弯腰向他这一侧的车窗里边看。华绍亭并不意外，扫了一眼外边，手指松开了方向盘，车外的人轻轻敲了敲车窗，他也就顺势按下了玻璃。

一个女人，穿着繁复的长裙，戴着墨镜，冷不丁走到车道上，直接拦下了他的车。

她背后挡了一整片落日余晖，逆光而来，看着他直接开口问："带我一段？"

华绍亭上下打量她，刚好对上她身后一片日光，他的眼睛猛地见到强光不舒服，于是不耐烦地侧过脸，只随口问了一句："你会开车吗？"

她已经替他拉开了车门，想了想才说："会是会，可我很多年没开过了。"

他对此完全无所谓，正懒得费劲开车，于是起身就把驾驶位丢给了路边的女人，自己换到了后排。

车外的人也毫不客气，她拖着长长的裙子，上了车。绿灯亮起来，对方直接把车开上了高速，车内安静了好一会儿，她才终于打破沉默，看了他一眼，和他说："华绍亭，别来无恙。"

他穿了黑色的风衣，一路出来有些咳嗽，于是半仰头靠在头枕上，整个人融在了阴影里。他揉着眼角一直不闻不问，听她这么说却突然低声笑了，就像听见了什么格外好笑的事，叹了口气说："果然，还真是祸害遗千年，咱们两个，最该死的都没死。"

女人一直从后视镜里在看他，她开口的声音嘶哑，说每个字都像磨着牙，她问他："今天怎么没人陪你一起出来？我听说敬兰会的华先生排场一向很大。"

华绍亭依旧没睁眼，他把车交给别人去开，也丝毫不关心对方会把车开往何处，只说一句："用不着。"

他不太舒服，低低吸了一口气，口气越发淡了，他本身也没有和别人费劲寒暄的习惯，于是几个字让这话题不管往哪里接都显得格外无聊。

车速更加快了，前方的女人盯着后视镜，时不时看他一眼，过了一会儿又问他："你的眼睛怎么了？"

话刚说完，华绍亭突然看向她，车内并没有特意开灯，临近傍晚，暗淡的光亮之下他终于换了个姿势坐着，半边脸的轮廓逐渐清晰。

他看人的样子一如既往，每一个被他打量过的人都对这目光刻骨铭心，不管心里藏了什么古怪，硬是要被生生刮下三分。

他带着分明的压迫感，居高临下扫她一眼，连口气都不变："你既然来找我，该知道的就都知道了。"

她不由自主握紧了方向盘，死死地盯着前方的路，声音越发哑了，每个字都像要从喉咙里撕扯着血肉钻出来，忍不住低声咒骂道："是啊，我就知道你死不了！华绍亭，你这种怪物，只要留你一口气，不管到了什么时候，吃人肉喝人血你都能让自己活下去！"

这是一条开往远郊的高速路，偶尔有几辆车交错而过，车内太过安静，只充斥着她低哑的愤怒，不断骂着。华绍亭也没什么生气的表情，只是忽然向前探身，靠近了她的座椅，一时之间，呼吸的声音近在咫尺，他的目光落在了她颈后。

开车的人瞬间闭了嘴，手里握着方向盘无法乱动，于是她浑身僵硬，目光向前，硬是咬牙逼自己没有回头。

华绍亭伸手过来，前方的人自然本能想要向前躲，却被他一把按住了，她来不及有任何回应，他的手指却突然探入她的领子，这样唐突的举动却没有人能阻止，而她穿的高领上衣也不过只是遮掩。

女人脖颈之下只剩一片恐怖萎缩的皮肤，经过艰难又暗无天日的恢复之后，依旧有着可怕的凸起。

他一向外出都戴着手套，就这样隔着软而薄的皮子，用手轻轻按她的伤疤，很是惋惜地叹气道："他们把你烧成这样了。"

他的口气毫不真诚，不是疑问，也没带任何惊诧，甚至没有半分怜悯。

华绍亭的手指隔着手套都能透出一股凉意，明明他们之间只有分毫之间的接触，但这细微的动作却像冻透的冰锥突如其来，一下就能把她钉死了。那手指分明是条诡异的毒蛇，吐着芯子，惊得她整个人浑身一凛。

车子还在继续向前开，车速已经提上去，很快上了高架，三十米的高度之上，车道窄而危险，她实在没法分神做出任何反抗。

华绍亭的手顺着她烧伤的皮肤慢慢向上，一点一点，他的目光竟不像在看人，仿佛是在审视什么物件一样，无论是瓷器还是玉，但凡有了瑕疵就让人不太满意，他继续说："脸上倒没事。"

女人咬紧了牙，他的手还在继续向上，嘴、鼻子……她几乎瞬间明白了他手指的意图，眼看他就要蒙住她的眼睛，她像触了电一样反应剧烈，突然尖叫一声，用尽浑身力气下意识反手去推他，整个车子几秒钟之间失去控制，她甩开他的手，又迅速扑过去重新掌握了方向。

华绍亭笑得更大声了，他本身就没想使什么力气，收了手就坐回去，反倒还有心情给前边的人讲道理："你怕什么，我也坐在这车上。"

十几层楼的高度，车子失控冲下去是什么后果？

前排的人满脸冷汗，摘了墨镜，扔到一边。那张脸普普通通，却像是压抑太久，整个人都透着一股不自然的僵硬感。她努力稳住自己的情绪，再开口时声音近乎凄厉，警告后排的人："如果我今天回不去，裴熙也活不了。"

天色渐渐暗下来，车内的光亮近乎全无。华绍亭手腕上戴着一串沉香，时间长了，整个车里都染上了幽邃的香味。他脸色不好，多数的时候恹恹的，总显得唇色深，到了这样天光熹微的时候，越发让他整个人看起来有些骇人的妖异感。

他还是这个样子，明明病得很严重，却举手投足都带着压迫感。

这一路上，她无数次试图分辨华绍亭的神色，因为她的出现突如其来，所以她心怀侥幸，总妄想看见他哪怕半分慌乱失措，终究只剩徒劳。

他摘了手套，用手轻轻转着手腕上的香珠，漫不经心提醒她道："他们忘了教你最重要的事，永远别跟我谈条件。"

她努力控制情绪，恨得想要刮了他，却自知不能被他轻易激怒，只觉得刚才应该干脆放开手，就这么从高架上冲下去也不错。

华绍亭终于想起了她的名字，隔着前后二十年的人世艰难，他再一次叫出这个名字，仅仅是为了告诉她："韩婼，你现在还活着，是因为我需要一个开车的人。"

第五章 · 人之处世

四月的天气，虽然下了一场暴雨，但气温很快就开始逐步回升。

裴欢以为自己做好了心理准备，可是这一次华绍亭离家之后，三天没有任何消息。

她悬着一颗心，夜里反反复复睡不踏实，感冒拖得厉害了，吃药也不见好，每天都很注意保暖，却还是开始连续发高烧。老林想请医生来给她看看，裴欢却知道自己都是急出来的，总之不是什么大事，怎么也不肯。

她必须正常生活，既然出了事，有人找到店里去，她不敢保证暗中还有没有人在监视她的行踪。华绍亭不在，那她唯一能做的就是保证家里家外一切如常。

裴欢白天亲自去送孩子上学，还坚持到店里转转，抽了半天的工夫，把水晶洞重新封存好，转过去随意放着，看起来还是一座灰暗的石雕。

过了那天的风雨之后，一切出奇的平静，古董店还是冷冷清清，除了偶然经过的好奇的路人，再没有什么特殊的访客。

烟火人间，不外乎都是些琐事，其实日子不会有什么变化，只等他把裴熙接回来，还能继续如愿生活。

笙笙一直没看见父亲，直到第三天放学回家的时候才忍不住问她。裴欢知道笙笙开始懂事了，心里反而有些难受。笙笙已经上了小学，开始有自己的思考，裴欢不想瞒她，于是和她说："外边出了一些事，爸爸去处理，需要离开几天。"

笙笙刚进家门，书包还没来得及放下来，听见她这样说忽然抬头，一双眼睛认真地看着裴欢，轻轻拉拉她的袖子，冒出一句："我知道了，我会保护好自己。"那语气分明是想让她放心。

才多大的小姑娘，眨眨眼又像什么都懂似的。

这么多天来，裴欢总算笑了一次，捏她的脸吓唬她："好啊，这两天可没人再惯着你了，去把作业都写完拿来给我看。"

笙笙"啊呀"一声低头跑上楼去了。

眼看天又要黑了，裴欢把老管家叫到一旁问他："老林，这么多天了，你知道他在哪儿是不是？"

老林实在没办法，摇头说："先生不让人送，就是不想牵扯无关的人。"

裴欢看向餐桌旁的柜子，那里放着华绍亭平常每天应该按时吃的药，再过几天就到了他定时复诊的日子。她思前想后，权衡了一会儿，终于还是做了决定，吩咐老林说："一会儿吃完饭，我回一趟兰坊。"

关于兰坊这条街，在沐城有很多传闻，它和这座城一样，历史悠久，背景极深，却也是这座城入夜的疤，是一条极端的灰色地带。

沐城本地人对它的态度讳莫如深，基本人人都知道，却也人人都说不清。

兰坊一直都是敬兰会的地盘，跨度极长，最早是条街，随着五六代人传到今天，街道附近的地皮早都已经归了敬兰会。街上分支无数，一条主路两侧都是中式老宅，家家户户院落分明，数不清的屋檐串联而起，几乎望不见尽头。

有些老人还记得，这条街在他们老会长那一代扩建过，占了一片林地；最西边的地方是一整座让主人荒废了的院子，彻底被封，几十年没有人住。

白日里的街道大多熙熙攘攘，还看不出什么特殊，一到天黑，兰坊这里四下亮起了灯，有些院子还留着过去的习俗，挂着暗淡的油纸灯笼，风一过，明明灭灭，映着远处现代化的高楼林立，更显得这条街古怪肃杀，于是到了晚上，轻易没有外来的车辆愿意贸然穿行。

敬兰会的起源说起来也很简单，几乎是这条道上历史最久的组织，原本是由陈姓世家一代一代往下经营，到了老会长那一代，他没有留下子女，血缘最近的只有两个亲侄子，年纪小又特别不成器，就是陈峰和弟弟陈屿。于是老会长临终无奈，只能将敬兰会传给了养子华绍亭，因此，注定了日后敬兰会里一番内斗。

在外人眼里，前两年兰坊形势紧迫，这条街上的人反目成仇，闹来闹去，最后那位传说中的"华先生"因为宿疾过世，而陈峰也死在内斗里。按照华先生生前的安排，他最后还是将敬兰会还给陈家人，交给了陈屿。

裴欢回到兰坊的时候已经过了九点，她晚饭之后在家陪了一会儿孩子，按华绍亭每天的习惯，让笙笙去练书法，又安排好下人看着孩子早点睡，这才让司机送她过来。

夜深了，街上又恢复了寂静，只有他们一辆车忽然开进来。

裴欢吩咐司机去朽院，一路上开得很快，尽可能地避开了各家各户私下的眼目。

她回来得很突然，叫人去请会长，才知道陈屿这几天也很忙，天黑才回来，也刚到不久。陈屿一听是她来了，马上把前厅外长廊里守着的人清干净，请她进去。

"华夫人一个人回来的？"陈屿看她脸色不太好，有点儿奇怪，不知道裴欢深夜而来，到底为了什么。

裴欢问他："前两天，裴熙突然被人从医院带走了，会里这边有没有接到什么消息？"

陈屿十分惊讶，他原本还坐在桌子后边，一听这消息直接站了起来，反问道："二小姐？她不是一直病着吗？"

裴家两姐妹都是当时华绍亭认下的妹妹，华先生从小把她们带在身边，会里人还都按着规矩称呼。

"我们疏忽了，她病了这么多年，一直也没和会里的事有瓜葛，所以我们只找了适合静养的医院，没想那么多。"裴欢这几天一直后悔自己没让人长期在医院保护姐姐，但是除了过去华绍亭照顾过裴熙一段时间之外，裴熙再也没和外界接触过，谁也不会把她和敬兰会的事联系起来，更不会有人对一个随时可能发疯的病人动心思。

裴欢把医院的情况大致说了一遍，陈屿靠在书桌上想了一会儿，告诉她："最近边境的几条线都遇到一些军方的压力，不知道上边要翻什么陈年冤案，对敬兰会这边关注度很大，但是除了这些事，没听说再有什么人想来找麻烦。"

"军方？"裴欢也在兰坊住了二十年，军方很少轻易直接给敬兰会施压，各方势力需要平衡，一旦失去控制，后果谁也承担不起，"不会的，他们不会来找姐姐这种无关紧要的人。"

华先生的离世对各方影响很大，上边对他们新任会长的脾气需要时间摸透，其实这两年一直有风声，但都没有实际的行动。

陈屿点头说："二小姐的事应该是私仇。"他顿了顿，看向裴欢，又问她："先生怎么说？"

裴欢扫了一眼前厅内外，虽然没有外人，但兰坊里可没有闲人，尤其在会长的朽院，这地方凡事必须多个心眼。

她低声摇头，避开这个问题，又问陈屿："我在这一辈年纪最小，你们都是哥哥，关于早年的事肯定比我有印象，我今天来，除了裴熙的事，还想让你帮我想一想，你过去有没有在哪儿见过一尊石雕？据说是叔叔留下的，雕的是佛像。"

陈屿被她问得一头雾水，有些混乱。

"佛像？没有什么特殊印象，叔叔留下的东西现在问我，我也不知道在哪儿了，有的跟着其他几家带出去了，也有的还在这朽院里吧。"

裴欢看他这样子就知道他真的什么都不知道，于是干脆换了一个问题，直接就问陈屿还记不记得华绍亭年轻时候的经历，这一下倒把陈屿吓了一跳，一边和她说一边都笑了："先生十六岁就进了敬兰会，我叔叔亲自带着他，那会儿我们哥俩都还是小毛孩，能知道什么？"他越想越觉得尴尬，于是笑也笑不出了，只好说：“我们都是后辈了，虽然不太清楚，不过想想也知道了，二十年前那个时代能有什么事？谁进了会里都想往上爬，男人之间争起来肯定你死我活。先生不让夫人知道，那就说明肯定不是什么好事。”

裴欢实在没了办法，陈屿在清明那天见过她，那会儿她还是一如既往明艳的一张脸，如今却明显没睡好的样子，于是他又忙着追问她：“家里怎么了？”

“你能不能帮我一个忙？”裴欢想过，姐姐再一次失踪，总不能是无缘无故消失，带她走的人应该另有所图，不会一直风平浪静，所以，她请陈屿帮她暗中去调查当天裴熙医院里的情况，“现在明面上什么都问不出来，所以，我希望能有会里的人帮忙，最好私下调查，能找到那个女人。”

“你放心，我现在就安排人去。”陈屿答应了，看她起身马上就要走，追着过去想让人送她，但裴欢不让，轻声和他说：“我去看看丽婶，上次回来的时候没见到。”

陈屿没有强求，只让人把裴欢送出了院子。

裴欢让司机停在路边，自己一个人顺着路拐进南边，去丽婶的住处。

当年华绍亭还是敬兰会的主人，平常事情太多，裴熙和她又都是女孩，于是他找了会里早年丧夫的婶子带她们，丽婶照顾裴欢的时间最长，也是跟她最亲近的一个。后来裴欢和华绍亭那些年闹出了不小的动静，裴欢伤了一只手，到现在还有些后遗症，养伤的时候，也是丽婶照顾的。

今天不是逢年过节，普普通通的日子，又过了夜里十点，这个时候裴欢突然到访，也让丽婶有些紧张。她看着裴欢先是一愣，又往她身后打量，发现竟然只有她自己来了，于是丽婶什么都没问，伸手把她拉进了屋。

丽婶岁数大了，一个独居的女人能在这街上平安混一辈子，自然有她安身立命的活法。她精神极好，丝毫看不出年过半百，两个人突然相见，丽婶也顾不上招呼裴欢，只拉着她就问一句话："华先生呢？怎么让你一个人回来了？"

裴欢从小被她当孩子一样照顾，又被她一句话点明了心里的难处，这一下就有些忍不住了，抱着丽婶很久说不出话，勉强平复了一下心情才低声对她说："他非要自己出门，我拦不住，他也不让人跟着，到现在离开家三天了，完全没有消息……"

丽婶比裴欢多尝了半辈子人世辛酸，这一下就明白了裴欢为什么这么急，她既然能找到自己这里来，肯定也去见过会长了，显然没有任何有益的结果。

裴欢的直觉越发明确，这一次外边出的事一定和华绍亭的过去有关，于是她追着丽婶打听华绍亭年少的经历，但对方一时也想不到什么更有用的线索。

裴欢把她当作可信任的长辈，再加上对方的住处平时也没有会里其他人，于是和她说了实话："有件事我在会长那边不敢直接提，我大哥在店里收着一座佛像，应该是很多年没人要的东西，我偷偷打开过，发现其实是一座水晶洞。前两天他离开之前，有人深夜闯到店里差点出事，应该就是为了去找它。"她请婶子帮忙想一想，过去那些年，有没有在兰坊的什么地方见过这种东西。

敬兰会每一代会长都非常注重传统和立规矩，过去的时代不像现在，那会儿很多道上的处事规则都靠东西作为凭证，裴欢大致也是了解的，因此，她一定要弄清楚水晶洞的来历。

丽婶握着她的手一直坐在沙发上，听她这么说突然皱眉，抬眼看着裴欢，像完全没想到她会说起这东西一样。

裴欢觉得不对劲，追着她问，但丽婶什么都不肯说，只是摇头。裴欢最恨兰坊里讳莫如深的这副嘴脸，非要不依不饶，却只换来丽婶一句话："你不想想，我一个人能在这街上立足，靠的是什么？"

裴欢从小被华绍亭保护得太好，哪懂别人挣扎活命的苦处，丽婶平日里看着是整条街上最多话聒噪的女人，可是有些事她该知道就绝不忘，不该知道的多一眼都是罪过。

"华先生把你从小当命根子守着，他想挑个人去照顾你，人选多了去了，为什么挑我去养你？"丽婶叹了口气，拍着裴欢的手告诉她，"我是爱热闹，都说我嘴碎，说到底还是只有先生明白我，但凡不该我知道的事，我是真的不知道。"

裴欢急了这么多天，回到敬兰会却依旧得不到任何消息，她心里再难受也无法强求，只陪丽婶坐了一会儿就要回家。

丽婶送她出来，到了路边发现今天只有司机跟她来，忽然又叫住她说："外边不安全，你先搬回来住吧。"

裴欢不知道丽婶为什么冒出这么一句话，但于情于理，她显然不可能再回兰坊，说："现在还不知道出了什么事，我好端端的突然回来，会里上下那么多人马上就知道了，又要暗地里打探猜测，反而惹麻烦。"

时间晚了，家里还有孩子，裴欢不能再耽误，挥手和丽婶告了别就上了车。

他们回家的路要穿过一整座沐城，司机让她休息一会儿，毕竟开车也有段时间。

裴欢一连几天都没睡个踏实觉，感冒也还没好，她靠着车窗把眼睛闭上，才觉得浑身发酸，腿隐隐地疼，这才想起来退烧药早过了时效，估计又开始发烧了。

这世事最难料，人力有时真的可笑，每次拼尽全力的选择，都是命中注定，就像裴欢曾经出逃三次，每次她都以为自己不会再回到这条街，可最终还是转了回来。

好不容易，他们带着女儿搬出去了，今晚却又有人劝她重走来时路。

她想起过去华绍亭在家看书，上边写过几句话让她很是感慨："枝头秋叶，将落犹然恋树。檐前野鸟，除死方得离笼。"

人之处世，可怜如此。

那会儿她不懂的事太多，后来总算一一尝过。

裴欢在车窗上看着自己的脸，苍白又憔悴，这副无精打采的样子连她看着都难受。于是她翻了半天外衣兜里，终于找到支口红涂上。这成了她一个偏执的小癖好，紧张的时候，要想尽办法让自己脸色看起来好一些。

还不都是那些年在兰坊的海棠阁里，裴欢才十几岁，那会儿的女孩子心事千百种，最重要的还是惦记心里的人。华绍亭坏得很，又比她大那么多，什么心思看不懂？就只有她每天揣着懵懵懂懂一颗心，七上八下去试探他，发现华绍亭好像很欣赏她涂口红的样子，就执念成了痴。

裴欢正想着过去的事自嘲，渐渐有些困了，可还没等她睡着，忽然一阵急刹车，她整个人被带得向前冲，差点撞到头。她一下惊醒了，抬眼去看，前方右转的方向上突然冲出来一辆大型卡车，挡住了去路，直接把他们的车逼停。

这段路是沐城一条特殊的路段，却是裴欢回家的必经之路，它由老城区延伸而出，两侧都是没拆迁的老房子，只有来往双车道，狭窄黯淡。

眼看快到午夜，除了他们四下无车无人，就连街角的小卖部都早早黑灯关门。

前排的司机已经反应过来，迅速解开安全带，回头喊她："夫人锁好门！不要下车！"

卡车上迅速下来三个人，直冲着裴欢而来，司机为了保护她下车，但对方有备而来，裴欢这边只有一个司机，显然不是长久之计。

裴欢没时间犹豫，立刻把门锁好，虽然她不清楚对方有没有带枪，但车都是防弹的，相对暂时安全。只是她也不能一直坐以待毙，瞬间两难，她出去也危险，一个女人能有多大力气，就算对方不是为了当场伤她，她也势必要被劫走。

到底是谁的人，为什么两次三番来找她的麻烦？如果是私人恩怨的话，谁还有这么大的胆子，非要从华先生的遗孀身上下手？

情况混乱的时候，突然远处又有车拐进这条路，车速极快，很快追了过来。

裴欢几乎来不及回头，另一辆车就已经停在路边，车上迅速下来几个人拿着枪，裴欢一颗心提到了嗓子眼儿，喊都喊不出来，借着车灯的光亮看去，竟然是丽婶。她带着两个人冲过来围住了裴欢所在的车，直接把劫道的人逼回到卡车附近。

两拨人都在对峙，再怎么说现在可不是过去了，如今的时代四处讲法，这也还是沐城城区，两边都是居民楼，入夜一旦动了枪，这事势必就真的闹大了，就算是敬兰会的人都不敢这么莽撞，丽婶掐准了这一点，不管对方是谁，都必须想清楚后果。

卡车上的人一看竟然还有人要保裴欢，犹豫了一下退回去，迅速放弃，倒车开走。

裴欢看见前方路通了，按下车窗喊丽婶，她这才想到对方肯定是从她出了兰坊就不放心，一路跟着她。

她还顾不上说话，丽婶跑过来就要她下车，说："今夜不太平，你一个人在哪儿都不安全，快跟我回兰坊。"

裴欢声音发颤，却不是为了自己，一个劲地摇头对她说："不行！我要回家，笙笙在家里！"

这一句喊出来她真要崩溃了，毕竟做了母亲，一出事下意识想起孩子来，根本来不及为自己紧张，她大乱之下才意识到笙笙竟然没在身边，一遇见事她慌得不敢细想。

不是第一次有人盯上她了，今夜很可能有人闯到家里去……

裴欢急得心都要跳出来，深夜外出，父母都不在的情况下，她竟然把孩子扔在家里了。现在一想，后悔得直想抽自己。

她的车在半路上都出了事，家里……家里怎么样了？

第六章 · 夜访故人

　　那一天倒没赶上什么风雨，深夜天色黯淡却还有云，正是春天最好的节气。

　　城里出事的时候，已经过了午夜，与此同时，华绍亭也没睡，他刚刚走到院子里，绕过月洞门，面前只剩狭长一条花园。

　　这里的院子是难得保存完好的古式庭院，几十年前还有人住，后来荒废了。

　　他一路打量，发现最近一直有人打扫，但过去的假山石块都被弃置不管，明显也不是什么能担重任的下人。

　　在他眼里，这些人都笨手笨脚的，一个院子收拾得七零八落，白白浪费了好风水。

　　华绍亭今天是特意等到晚一些的时候才出来，正好去看裴熙。

他旁若无人地走了一会儿，到了裴熙的房间外，才停下脚步，回身看了看身后。

韩婼就这么一直跟了他一路，她在夜里也把自己包了个严严实实，从上到下及踝长裙，多一寸皮肤都不露。

她看他停下来，突然开口道："你出来这么多天，不想你的裴裴？"

"她又不是小孩了，家里都是她在照顾。"他口气轻松，倒觉得她多虑了，"也是，在你印象里，应该只记得她四五岁的样子。"

韩婼冷冷盯着他，又说："既然你那么喜欢她，我让人去接她，过来陪你。"

华绍亭毫不紧张，连表情都没变，说："她要是那么容易就能让你劫走，当年也就不至于逼我想尽办法找了六年。"他还笑得出来，"我把她惯坏了……脾气大着呢，猜猜吧，她这些年跑出去让我找了多少次？"

他一提到裴欢，从语气到表情都缓和许多，终究抵不过人之常情，从轰轰烈烈到相濡以沫做夫妻，俗世烟火，连华绍亭也不能免俗。

夜色里的女人古怪地皱眉，藏在裙摆里的一双手忽然握紧了，她似乎无法理解他突如其来温柔的口气。明明她亲眼见到了他现在的表情，却依旧无法想象，像华绍亭这种丧心病狂的怪物，怎么可能守着一个女人过日子？

有一种人天生就要站在高处，命运把他扔在晦暗绝望的阴沟里，他也要伸手摘星掌人生死，如果做不成，那他就让这日夜颠倒，玉石俱焚，谁也别想善终。

韩婼用了两年的时间重建自己的生活，无数消息在那段日子里一股脑儿强塞给她，她几乎没有反应的余地就被迫接受，只是她死活无法相信华绍亭竟然有了一个女儿，直到亲自确认。

华绍亭怎么会爱别人呢？和他说"爱"这个字，就像和一个变态讲原则一样可笑。

她认识的华绍亭以狠著称，还是个少年人的时候，他使出来的手段就已经让人齿寒。他永远只爱他自己，为了能活下去不择手段，旁人在他眼里都是蝼蚁，踩死一个还是一群，根本没有分别，从来得不到他半分同情。

而如今，韩婼好不容易用裴熙把他引出来，一连过去几天，他走不了，也不急着走，反倒让她有点奇怪了，于是她看着他问："这么多天没人护着裴欢，你就不担心我把账算到她头上？"

华绍亭伸手拍拍身侧长廊的柱子，院子里暗，他还有闲工夫看它的木质。他一边琢磨那木头一边说："你动不了裴裴。我离开之后，以她的脾气肯定憋不住，一定要跑出去四处打听，这两天就得去兰坊，你的人就算去了，想在兰坊硬拼……"他懒得再多说，发现柱子上都是灰尘，很快扫兴地收了手，看了她一眼继续说，"省省吧。"

"你怎么确定她愿意回去？裴欢那个性子我听说了，她既然已经搬出敬兰会，就不会再去求人。"

华绍亭拍着手上的土，一点儿也不着急地慢慢说："你现在还在这里跟我废话，显然你让人去了，却没成功。"

韩婼越想越忍不住，心绪起伏又要说什么，还没等她开口，却看见华绍亭做了个"嘘"的动作，轻声说："我特意等晚一点儿才来看阿熙，别吓到她。"

她成全他无聊的耐心，冷笑着过去替他敲了敲门，裴熙在里边没回话，但房间里的灯一直亮着，她也就推开门进去了。

华绍亭只在门口看着，当年在敬兰会，人人都知道二小姐裴熙擅自做主惹出了一场风波，他去逼问她，把她刺激到发了疯，从此就成了裴熙的心魔。

这两天他一直试图过来和她说话，每次还没进去，裴熙就情绪失控，看见他比见了鬼还激动。

韩婼提议让他等到晚上再来看看，她观察了几天，裴熙好像到了晚上会比较累，情绪相对稳定一点儿，华绍亭没来的时候，她在夜里还能和韩婼说说话。

今天，韩婼进去看她的时候，裴熙正对着镜子，一动不动，面无表情，僵硬地靠在桌子旁边直勾勾地盯着镜子里看她自己。

门口有动静，她缓慢地回头，一看是韩婼，终于有了表情，轻轻冲她笑。

裴熙重病快十年，养病的日子里也不常见日光，整个人单薄又瘦弱，一头长长的头发散着，已经齐腰，一双眼睛格外突出，瞳孔显得比一般人要大一些，仔细看看，就觉得她与心绪正常的人明显不同。

韩婼和她打招呼，她像个小孩子一样拉她的手，一字一顿地和她说："婼姐，我找了你很久。"

又是这句话，裴熙每天看到韩婼都这样说，可能她清楚的记忆只能大致保持一天，每天都像第一天看到韩婼一样。

韩婼问裴熙在干什么，她摇头，又转回去盯着镜子，她神志清醒的时候非常专注，做一件事就定定地一直做，有些偏执似的，几乎很久都不眨眼，让人看着可怜又可怕。

桌子上放了很多纸和笔，还有一些是韩婼好不容易从书房那边收拾出来的书，为了能拿给她看，解解闷，但裴熙好像一直都在画画，也不挑用具，基本上一整个白天她都拿着笔在纸上画来画去。

华绍亭看她还算平静，终于走进去，拿起她扔在一旁的画纸看，发现裴熙画的都是佛像，还有零星几只小猫的样子。

韩婼冷下一张脸，一边陪着裴熙，一边回头看他，也发现了那些画纸，低声对他说："她有印象，华绍亭，当年你造的孽她都记得！"

裴熙听见身边的人说话声音大了，吓得一个激灵，抬头慌乱地四处看。韩婼轻声哄她，她才慢慢地平复下来，但她已经看见了华绍亭的背影，脑子里的思绪还有些转不过来，于是她有些愣神，目光毫无防备地落在他身上。

他刚好转过身，这下裴熙的眼睛忽然睁大了，死死抓住韩婼的手，指着他摇头。

华绍亭已经做好准备她又要惨烈地哭喊，他本来就烦噪音，很怕吵，但是这一晚裴熙竟然没有大叫。也许是有韩婼一起陪着，也许是认识的人能让裴熙分散注意力，总之，她惊恐地盯着他看了半天，一口一口喘着粗气，像溺水的人，却最终没有歇斯底里地叫喊。

他喊她："阿熙，我来看看你。"

裴熙颤抖着嘴，好半天才慢慢地说话，怯懦着开口，没头没脑说了一句："大哥……是，都是我做的。"

她对华绍亭最后的印象永远停留在八年前，像一盘坏掉的录像带，永远卡在了兰坊西苑，华绍亭问话的那一天。她反反复复地哀求他说："你放了裴裴吧，她还小，不到二十岁啊，你可怜可怜她，让她走吧，她不会把孩子生下来！"

她说着说着眼神都变了，仿佛完全不是那个僵硬呆滞的病人，突然推开韩姥站起来，向着华绍亭走过去。

他什么都不说，只远远看着，直到裴熙跌跌撞撞走到他面前。他一双眼深重如墨，依旧不开口。

裴熙手足无措，竟然想也不想直接给他跪下了。

韩姥心里一跳，下意识想让她起来，可是裴熙完全陷入到过去的死循环里，外人说什么都听不见了。她兀自跪在那里就像着了魔，苦苦地求他："大哥，我知道你最心疼裴裴，我替她处理掉孩子，你留她一命。求你了，我是为她好，裴裴早晚有一天会明白的。"

她匍匐跪求，而他甚至不肯低头看看她，就这样由着她压抑地痛哭。

裴熙渐渐绝望，捂着脸崩溃地瘫倒在地上，说："放她走吧，别像对姥姐那么对她……"

华绍亭微微叹气，总算有了些表情，无奈又惋惜，他走到旁边找了把椅子坐下，裴熙浑身发抖跟着他过去，一起身差点摔倒，半爬着挪到他脚边。

华绍亭并不需要她这样，于是伸手过去扶她，说："你起来，别怕，好好坐下。"

他说话从始至终淡淡的，中气不足的样子，可是裴熙对着这么一个多年病弱的人，怎么也不敢站起来。

华绍亭这种口气安慰别人实在没什么用，难得他态度缓和，裴熙却不领情。她被他的手拉住，却抖得更厉害了。韩婼只能过来帮忙，把她扶起来，一起坐在他对面。

华绍亭端详着裴熙的脸，她一直在流泪，无声无息，眼泪顺着脸颊往下掉。

她们姐妹都瘦，裴欢从小不谙世事，什么苦难都没经过，被华绍亭养成一副张扬艳丽的眉目。相比妹妹，姐姐裴熙实在命苦，样貌显得普通一些。她早早记得家里的变故，后来格外自闭，总是一副怯懦小心的模样。

他伸手把她脸上的眼泪擦了擦，难得地冲她笑笑，对她说："好了，阿熙，不说那些事了，都过去了。"

她不敢再哭，愣愣看着他，他趁她安静下来这一会儿，劝她："跟我回去吧，裴裴在找你。"

裴熙突然又被刺激到了，大声问："她还跟你在一起？"她的记忆是混乱又模糊的，前后发生的事只剩片段。

韩婼冲他摇头，示意他不要再说了。

"行了，她现在最怕你，这样是没有用的，她不会和你回去。"

　　裴熙回身紧紧抱住韩婼，仿佛她才是自己的至亲。韩婼只觉得这一切都分外可笑，咬着牙提醒他："你还是多关心关心你自己吧。"

　　华绍亭皱眉，总算有些怅惘，他起身又拿了裴熙那些画纸过来，一张一张对着灯看，还有心思和韩婼聊天，说："女孩真是难缠，白养她这么多年，当时她情绪失控，我在西苑请来最好的精神科医生全天照顾她，结果呢，现在她反倒只记得你。"

　　韩婼安慰着裴熙，一直不接话。

　　华绍亭挑了一张画得最明显的佛像，推到裴熙面前，点着桌面问她："见过这个东西吗？"

　　裴熙抽噎着哽了一下，红着眼睛，狠命点头。

　　华绍亭把那些纸归拢在一处，当着她的面，统统撕了。

　　裴熙像个孩子一样，脆弱无依，盯着一桌碎纸残骸，眼泪一下子又涌出来。

　　灯火晦暗，清清冷冷的夜，故人旧物，二十多年的光阴前后重叠。

　　华绍亭等裴熙哭够了，俯身靠近她的脸，他逼她看向自己的眼睛，一字一顿轻声对她说："阿熙，听话……"

　　裴熙瞬间尖叫，恐惧之余把韩婼一把推开，对方完全按不住她，眼看她又发了狂，手脚拼命乱动，差点撞在桌子上。

华绍亭揪住裴熙的头发，一把将人抓回来制住，他的声音骤然低沉，像二十年前那天的午夜一样，他也是这么把裴熙拖出来……

她那么小，还是个孩子，根本躲无可躲，却被迫对上他那双逼人的眼睛，像毒蛇的芯子，一口就能把她整个咬穿。

他一句话硬生生往裴熙心上扎，穿心蚀骨，教会她什么才是真正的恐惧，他说："为了裴裴，记住了，你什么都没看见。"

这一晚谁都没能做梦。

关于韩姥的那点心思，华绍亭想的都对，裴欢早晚要回兰坊找过去的老人打听消息，不知道的人不会乱说话，知道的人自然明白出了什么事。

只是他自负就算了，连带着还要对裴欢也盲目自信，他就这么不打招呼把剧本扔过去，真正演起来的人才知道有多惊心动魄。

裴欢在丽婶的保护下终于脱险，可是一提到孩子几乎发了疯。丽婶知道劝不住了，只能让她先回家，吩咐裴欢的司机马上往家赶，而自己则一路带人跟在他们后边，以防再有意外。

裴欢在路上找出手机往家里打电话，平常她为了方便，特意设了快捷呼叫，眼下却连轻轻点一下的力气都没了，害怕得手指发抖。

电话很快就接通了，前后一共十几秒的工夫，裴欢急得死死拿紧手机，屏住呼吸不敢动。

老林四平八稳的声音第一次让她觉得这么安心，对方恭恭敬敬地接起电话，她几乎喊起来问他："笙笙呢？家里还好吗？"

老管家完全没被她吓到，特别平静地回答她："笙笙睡了，我看着呢。"他停了一下，仿佛已经了然于心，又和她说，"夜路不好走，夫人别着急，家里一切都好。"

裴欢这一口气终于喘过来，强忍下起伏的心绪，半天才回了一句："好，我们马上回去。"

裴欢到家的时候，老林特意到院子里迎她，这一片都是独门独栋的房子，如今深夜了，只有他们家还亮着灯。

老林看见是丽婶护送他们回来的，远远冲她点了点头，算是感谢她今晚多留心。丽婶和他都是敬兰会的老人了，一个眼神彼此已经明白了，没再开口说什么。

丽婶把裴欢叫过去低声商量道："就算是为了孩子也不能冒险了，你还是暂时回兰坊吧，不管那些人是什么来头，肯定不敢冲到敬兰会里挑事，你今晚好好考虑一下。"

事到如今，那条街是外人的修罗场；于她，倒真成了避风港。放眼沐城，那是眼下唯一能够保她安全的地方。

　　裴欢需要时间想一想，丽婶不再多留，很快带人离开，临走的时候告诉她，如果要回去随时去找她，暂时住在她那里，不会太张扬。

　　裴欢急着去看笙笙，一进去发现下人全都醒着，还有人在打扫客厅。

　　厅里一侧放着茶海和华绍亭前一阵摆弄的一些盆景，这段时间，白天他最喜欢在那里坐着喝茶，今晚不知道出了什么事，窗边的玻璃碎了一地。

　　老林的手上有道伤口，不明显却刚刚处理过，裴欢奇怪地问他，他只说是玻璃损坏，不小心划了。

　　她突然明白过来，显然家里也有人来过，但老林面色分毫不露，只说四个字"一切平安"。

　　她冲到笙笙的房间里去看，小姑娘在楼上什么也不知道，她第二天还要上学，于是当天早早上床，睡得很沉。

　　房间只在角落里开了一盏壁灯，暖暖的光影打下来，映着小女孩的侧脸安静柔软。

　　裴欢这一路想着女儿险些就要失控，看见这一幕却僵在门口，连呼吸都放轻。

　　她的骨血她的命，平平安安在家里沉沉睡着。裴欢从一进门只觉得浑身难受，头重脚轻，却突然觉得这一晚仍旧值得感激。

　　裴欢静静走到女儿床边坐下，孩子床头还放着爸爸之前给她的字帖，小孩子的房间颜色鲜艳可爱，那本书就显得格外突兀。裴欢伸手拿过来，一页一页地看，心里百感交集。

　　笙笙在身边，她才能心安，可是如今她身边却是最危险的地方。

　　这是对于一个母亲最残忍的抉择。

　　裴欢不知道还能怎么办，所有的事都突如其来压在了她肩上，丽婶说的是为她好的办法，回兰坊显然是唯一安全的退路，但是……

　　她不能只为自己考虑。

　　裴欢看着床上的孩子，在这种什么事都左右为难的时候，她心里却突然有了明确的主意，那就是绝不能把笙笙带回去。

　　敬兰会不是什么好地方，孩子开始记事了，兰坊的环境肯定不适合小孩子接触。裴欢和华绍亭没有选择，早年境遇所致，都是无父无母流落进兰坊的人，一生注定和那条街分不开扯不断，但笙笙不一样，她有他们，不应该重蹈覆辙。

　　裴欢脑子里乱糟糟，手上随便翻着那本字帖，一时有了动静，床上的孩子翻了个身，她过去轻轻地拍她，听见她睡梦之中好似嗫嚅着叫了句"妈妈"，很快又迷迷糊糊地睡过去了。

　　这一句软糯的梦话戳在裴欢心里，她眼眶又浅了，忍了半天才把这一晚的辛酸压下去,陪着孩子坐了一会儿,最终回到自己的卧室。

老林已经让人把楼下收拾好了,又折腾到快后半夜的光景,房子里终于彻底安静下来。

老林给裴欢准备了退烧药,送到楼上来。

裴欢靠在床边,她烧了一晚声音都哑了,紧绷的精神也到了临界点,只剩了最后一点力气,撑着肩膀,低声和老林说道:"我现在不能光顾着着急,必须先保护好自己,只要我和笙笙都没事,就没人能威胁他。"

她比任何人都清楚,华绍亭这一生的难处都是为了她,不管他这一次出去要做什么,她必须替他把家里照顾好。

她不是他的把柄。

老管家笑着点头,让她吃了药赶紧睡一觉把病养好,所有的事明早再做决定。

第二天一早,老林还是像往常一样,把笙笙送去了学校。

家里这边已经被人找上门来了,裴欢可以回兰坊暂避,但她需要一个可靠又安全的人,能够暂时照顾笙笙,她辗转一夜,不知道还有什么人可以托付。

一时半会既然想不出办法,老林提议还是让孩子先去学校,学校是公共场所，四处都有稳定可靠的监控，还有老师看着，只要他们保证好上下学的路上不出问题，不会有人冒险闯到学校里去。

裴欢只好同意，她需要时间想办法安顿好孩子，结果一上午过去，正在她一筹莫展的时候，手机突然接到了一个电话。

打来的那串号码很陌生，她接起来听到电话另一头说话的人竟然是笙笙，孩子还在笑，一边笑得直喘气，一边没忘了喊她："妈妈！"

接二连三发生的事全都没有预兆，裴欢吓得猛地站起来，浑身的血液都冲上头顶，她几乎说不出话，远远地又听见还有人喊她："裴欢！快到你家了，给我开门啊。"

她实在没想到，隋远突然回到沐城，帮她把孩子接了回来。

第七章 · 兴安旧宅

　　隋远这几年找了份稳定的工作，但性格改不了，还是那个冒冒失失的样子，说回来就回来了，一声招呼也不打就突然出现了。

　　裴欢去门口迎他进来，笙笙抱着他的脖子，两个人不知道路上说了什么悄悄话，正一起笑着。裴欢放心了，女儿跑过来又给她讲路上看见的事，裴欢摸着她的小脸，却怎么也笑不出来。

　　隋远也过了三十岁了，可还是一副没心没肺的模样，还有工夫坐在门口逗孩子。

　　裴欢气得直想打他一顿，责问道："你要接她为什么不先和我说一声？"

　　隋远离开沐城已经两年，此前华先生做过手术之后需要定期复诊，平时的例行检查都有沐城的医生，但隋远毕竟是最了解他病情的人，为此，他每个季度还会固定回来给华先生做检查。

只不过这一次，隋远却突然提前来了。

隋远把孩子放下来，一脸无辜地说："你怪我？是你家老狐狸非让我这个月提前到的，说来了沐城先去接孩子，吓得我以为孩子情况不好呢，这不是没事吗？笙笙的先心病比他好多了，养好之后就没什么大问题了。"

"他什么时候说的？"

"好像清明之后那几天吧，哎哟，华先生好不容易亲自主动给我打一个电话，还神神秘秘的，不过我也不问，他不说的事，我问了也白问。"隋远直挠头，被裴欢紧张兮兮的态度搞得莫名其妙。

他嘟囔着又说："你们俩天天腻在一起，他说的事我以为你都知道啊，本来我订好了昨天下午的飞机，过来的时间正好能帮你接笙笙放学，结果昨天我们那边赶上大雾，晚了一天。"

隋远离开敬兰会之后去了南边，今年裴欢听说他又去了叶城，最近一直住在那里。他的工作不错，是在医学院里做研究。这倒很适合他的性格，不需要考虑太多复杂的人际关系，只要踏踏实实地用脑子就好。

他来了也不客气，径自往里走，坐在厅里的沙发上等下人倒茶，他上下看了看这房子，回头问她："他人呢？"

裴欢正要给他解释，结果隋远没看出家里不对劲，完全没顾上听。

　　他折腾了一路渴了，只顾着先灌水，刚把气喘匀又想起什么，打断裴欢的话，把随身带来的恒温箱递给她说："这是给老狐狸带的药，他术后恢复情况比较好，但药还是要按时吃，这种国外的更安全，叶城那边正好有渠道来了一批，我顺便给你带过来。"

　　下人接过去收好，隋远顺口问华绍亭按时吃药的情况，裴欢大概说了说，她盯着那一批药欲言又止。

　　老林拿来茶点给他，他一边吃一边看笙笙，又笑着和裴欢说："这小祖宗可真不愧是华先生的女儿，我去学校找她，让老师去叫她，说来人接她回家，结果她警惕起来怎么都不肯出来，后来老师把我带进班里，她看见是我才放心跟我走。"

　　裴欢坐在对面的沙发上，苦笑着摸了摸孩子的头，哄她先上楼。笙笙看了看她，又看了一下隋远，很快就走了。

　　裴欢坐着半天都没说话，隋远看她一脸没睡好的样子，忽然觉出不对，又回头打量老林，这下才觉得屋里安静得过分，人人表情都像藏着话。

　　他逐渐明白过来："是不是出事了？所以他让我先把孩子接走？"

　　千头万绪，裴欢也不知道该从哪里说起，又给他泡了茶，她想着想着只觉得胸口堵得难受："我现在才明白，我大哥从清明之后就知道要发生什么，他早就安排好了现在的事，笙笙被你接走，如果我有危险，起码能先回兰坊避一避。不管沐城怎么翻天覆地，我和孩子都是安全的。"

其实，华绍亭并不清楚他离开之后会走几天，他只是提前做好了准备。如果回来得早，那隋远只是来给他检查的；如果在外边耽误了，那隋远也可以先来把笙笙带走。隋远是医生，又是局外人，他去照顾笙笙暂时是最安全的方案。

裴欢双手抱住肩膀深深吸了口气，声音发抖，说："他明知道这次有危险，竟然还和我说很快就回来。"

隋远也愣了，想了半天找了些话来安慰她："他是什么人物，既然心里有数，就不会出乱子。"

所有人都这么来劝她，华先生何等手段，偏偏她最听不得这种话，大声道："隋远，他这条命是你亲手救回来的，你不清楚吗？他费了多大工夫才把敬兰会从肩上卸下来，好不容易舒服了两年，哪有力气再出去冒险？"

她几乎带着哭腔，这一句话说出来是真的有点儿受不了，侧过脸不愿意再多说。

隋远看不下去，坐到她身边陪着她。

过去在兰坊，他们两个人凑在一起可是远近闻名的惹祸精。裴欢最爱干的事就是捉弄隋远，每天都想出花招来捉弄他，或者闯了祸嫁祸给他，两个人在华绍亭的海棠阁里打打闹闹，一对冤家，也算是难得亲近的朋友。

只有他们俩能在那条暗流汹涌的街上毫无城府地活着，一起度过了青春年少。

老林带着下人去厨房，让出空间让他们说说话。裴欢蜷缩在沙发里，抱着肩膀出神。

隋远拿起茶杯，精巧细致，看着就像华绍亭的好东西，这么小小一只，还是元代釉里红独杯，也不是凡品。他毕竟也跟了华绍亭那么多年，到如今茶的好坏让他闻一闻都清楚，于是他想着想着有点感慨，低声嘟囔了一句："老狐狸最爱喝开春第一出，下边的人年年都是赶着时候给他送来。"

裴欢心里更难受，她总算不再发烧，就是鼻子还有些堵，她把纸巾抓过来擦，擦着擦着脸上也不知道是什么流下来，一起抹掉了，眼角又干巴巴地疼，最后她心烦意乱，胡乱地用纸捂着脸，深深吸气。

隋远推推她，试图缓和气氛，问："裴欢？"他把她拉过来，掰开她的手，说："别哭，他最看不得你哭。"

她倒也不是真的想哭，揉着鼻子只觉得难受，心里苦，嘴里都泛着苦。

"我没事，他离开的时候什么也问不出来，还嫌店里湿度太大，让安排人过去除湿，我让老林下午就去。"裴欢低着头，"他总说我任性，可我这次真的不知道还能怎么办，明知道他随口哄我的话，我也只能听他的。隋远，我一直有直觉，这次有人来找他，应该和上一代的事有关。"

可她比华绍亭年轻太多，在她幼年的时候，她完全不记得敬兰会曾经发生过什么。

她突然拉住隋远问，隋远这人心思单纯，又根本藏不住什么秘密，一个劲摇头，显然是真的不知道。

她大概把这几天发生的事都告诉隋远，对方的表情总算认真起来，忽然看了她一眼，说："如果有人想逼华先生出面，应该先想办法把你或者孩子劫走，为什么要处心积虑带走二小姐？"

一个重度精神分裂的病人，能有什么利用价值？这就是裴欢的疑问，困扰了她这么多天，让她死活想不出还能有什么原因。

隋远欲言又止，最终看她眼睛都红着还是没忍住，和她分析："我刚进兰坊的时候也觉得有点儿不对，但我没敢打听。"他放低了声音，和裴欢说，"二小姐私下里一直很怕华先生，你还记不记得，她每次见他都不对劲，那种怕的程度肯定不是自然形成的，一定受过刺激，所以，后来他才轻易就能把她逼疯了。"

裴熙之所以在成长过程中长期有心理问题，一直被解释为她们双亲早年出事，让做姐姐的留下了阴影。可如今隋远这么点明了，裴欢回想起过去她们和华绍亭相处的种种细枝末节，突然震惊地看着他。

"你的意思是……"

"这话我不该说，但你问我我就告诉你实话，我总觉得裴熙怕华先生还有别的原因，这原因我们都不知道，应该是更早的事，你想一想。你姐姐在二十年前都已经大了，肯定有什么关键的变故，她知道而你不知道的，所以，这一次对方的目标才是她。"

裴欢完全不敢再往深了想，她嘴上说着不会的，却发现事实确实如此，对方把裴熙带走，也成功让华绍亭离家。

隋远一口气说完突然又有点后悔，裴欢的手上还有过去留下的伤疤，她选择用宽恕原谅裴熙对她做过的一切，家人亲情终究比什么都重要。她也付出了无数代价，最终才能换回这个家，但隋远这一席话却毫无疑问再次颠覆了全部。

"我只是随口乱猜的，你别太认真，我不知道实情是什么，只是听你这么说，我觉得有可能而已。"他有点急了，和她解释，"不管过去有什么秘密，都和你无关，华先生肯定也是这个意思。"

这下倒好，她再也不用日夜挣扎，一颗心完完全全沉下去，是死是活无非都和他一起，人被逼到了死角，反而豁出去了。

"我认他做哥哥那天起就注定了，不管发生什么，这条路都

是我自己选的，后果我也承受得起。"裴欢仰头靠在沙发上，叹
了口气，口气反倒轻松了，"你们说得对，华绍亭是什么人，他
这一路欠了太多恩怨，我和他想平平淡淡过日子都是妄想，其实
我们心里都清楚。"

早晚是会出事的。这一天裴欢不是没想过，从华绍亭以病逝
为借口搬出兰坊那天起，她就做好了心理准备。

隋远听出她话里凄怆，一时楼上楼下刚好没人走动，整座房
子灯光暗淡，所有的阳光都被阻隔在外，这屋子里的幽静分外应
景，都跟着她丢了魂。

这个家得来不易，每一分每一寸都按华绍亭的意愿布置，如
今几天找不到他，裴欢心里发慌，有意无意过去拨弄他的香炉，
好几天没人动，味道都淡了。

她其实真的不想了解那些是非或恩怨，女人的念头总是简单
到可笑，她单单纯纯就是想他，想到透不过气。

多想华绍亭如愿平安回家，越这么想，越不遂人愿。

裴欢不拿隋远当外人，一边清理香炉，一边跟他说话，只像
是闲聊："以前没有笙笙的时候，他还和我说，哪天死了干脆把
我也带走，他的脾气你也知道，就是怕他一走，那些恩怨都来找
我，到时候他成了一个死人就护不住我了，他自大到这样也不
行。"她笑得声音大了，真是佩服自己年轻时候那股傻气，"我

还跟他说好了，他要敢给我提前断气，我活着也没意思，就随他去。"

只是后来他们为人父母，明知生路坎坷，却仍想努力留下来。

总要陪着笙笙看一看。

裴欢想着自己当年那些话，真是年少轻狂。

那会儿兰坊的三小姐天不怕地不怕，一朵刚沾了露水的花，甘愿为他而开，不为别人浪费半分颜色，那时候她哪知人世深浅，生生死死都是玩笑。

如今的裴欢素着一张脸，穿了柔软的米色家居服静静坐着，她仍然没放弃那些嚣张的棱角，却也因为面对平和的生活，多了几分从容的美。

她知足，所以永远不会被前路打垮。

隋远知道不用再多说什么，他只告诉她一句话："事到如今，华先生还信我，你也可以放心。"

裴欢终于做出了决定，打起精神看向隋远，说："帮我照顾笙笙。"

隋远来的时候并不知道自己当天就要回去，就没订回程的机票，看现在沐城情况微妙，裴欢这里又被人盯上，他们越早动身越好。于是裴欢帮他去查，订了当天晚上的飞机，让他先带孩子回叶城。

裴欢让老林把晚饭提前，又去帮孩子收拾了一些东西，跟她简单做了交代。

笙笙看着好像一直比她冷静，坐在餐桌边，不吵不闹地听大家安排。

隋远趁裴欢去厨房的工夫，回头示意笙笙凑过来，要和她说悄悄话，他问她："帮我劝劝你妈妈，跟咱们一起去叶城散心吧，我带你们去看跨江大桥，好不好？"

笙笙摇头，看着裴欢的背影说："不行，妈妈要守在这里，等爸爸回来。"

隋远歪头看看她，这小祖宗毕竟是华绍亭的女儿，年纪不大，经过的事却也不少。他以为她会黏着妈妈，一番哭闹不肯跟他走，但是笙笙的反应让人意外，他问她："那你就不想爸爸吗？"

她低头不说话，一口一口很乖地喝汤，好像很难回答这个问题。她犹豫了一会儿才又看着隋远说："爸爸跟我说过，他不在的时候，我必须保护好自己，不要让妈妈为难。"

她今天难得不挑食，把蔬菜汤都喝光了，裴欢很高兴地表扬她，又去给她拿爱吃的糖果，准备放在带走的包里，一时餐桌边只有隋远和笙笙两个人。

小姑娘若有所思，想了想又抬头看着隋远，轻声说："爸爸还说，如果有一天，他和妈妈不能再陪我了，不是因为他们不爱我……恰恰相反，都是为了我。"她遗传到了裴欢纤瘦的身材，还有一双极漂亮的眼睛，她说话的时候有些低落，低下头却很认真地继续告诉隋远，"我懂的，他们都是为了保住我。"

一个小孩子肯定想不出这样的话，这话显然是有人和她讲的，分明是华先生的逻辑。隋远听着都能想到华绍亭告诉她这话时候的样子，那副淡淡的口气，好像都是些无关紧要的嘱咐。

都说华先生惯纵女儿，连裴欢都管不了，这孩子真真是他的掌上明珠，看他宠得没了边，可是直到这一刻，隋远才明白他对孩子的苛刻。

他不由替他们辛酸，想着想着又笑了，没想到那只老狐狸也有今天。

可怜无邪一颗心，天真这东西注定和笙笙无缘，这是华先生的无可奈何，做他的女儿，是幸，也是最大的不幸。

隋远不知道还能说什么，又给笙笙夹了菜，只好陪她好好吃饭，这只是个刚刚才七岁的女孩。他心里不忍，把她抱过来放在腿上，又努力想让气氛轻松一些，不要让小孩子多想。

可惜他自己都轻松不起来，平日里心最宽的隋大夫对着笙笙这双眼睛，竟也说不出话了。

眼看这一天又要过去，隋远带笙笙坐晚班飞机离开了沐城。

为了尽可能掩人耳目，裴欢不能亲自去送。分开的时候，她在家门口抱着孩子，突然又不愿意放手。

老林从隋远来了之后就一直恪守管家的本分，没参与他们的任何谈话，可到了这时候，他眼看裴欢心里难以取舍，终究还是开了口："夫人，笙笙的情况也和其他孩子不一样，虽然手术成功，但现在这样的时局，她年纪太小，万一有事吓到她，病情复发也不好。"

华绍亭也是考虑过这一点，才让隋远大老远来一趟。

裴欢都明白，可是越明白心里越没底。现在逼她迫不得已送笙笙走，这是没办法的办法，可母女连心，这跟抽走她的魂没什么区别。

笙笙亲亲她的脸，反倒是小姑娘细声细气地给她宽心，说："我和隋叔叔玩两天就回来。"

裴欢比孩子多活的二十年真像白过了，她忍了又忍把难过都咽回去，拍拍孩子站了起来。她看着隋远，原本还有一堆话要说，忽然到了嘴边都哽住了，也就剩最普通的一句："我尽快去接她。"

这孩子是他们的命，就这么交到隋远的手上了。

隋远拉着笙笙往外走，一副胸有成竹的样子，回头冲她笑道："连她爹都信我，这点事你就放心吧。"

沐城的机场在城东的近郊，如果再往东走一个小时，就是沐城更远的郊县。

东边零零散散还有几座小镇子，它们几十年前属于外省，但随着城市市区规划不断外扩，虽然到那边要走上几个小时的路，如今也还归了沐城的范围。

这些小镇保留了原本的村落风貌，大多数绕着一条河，其中居住人口最少的就是兴安镇，只有它地势一面靠山，却不近水，风水算不上好。

早年小镇上只有一个大家族，逐代没落，到了最后一代身上出了些不好的事，镇上更显萧条。后来时代变迁，其余的大部分居民生活条件逐渐好了，纷纷搬进了城里，留下的都是族人的老宅院，半个世纪没人动过。

隋远带笙笙离开沐城的时候，天已经完全黑了，远处的兴安镇更没什么灯光，只有一座百年老宅，灯火通明。

这地方是一户韩姓人家的祖宅，到现在除了潦倒破落的园子之外，什么也没剩下，断壁残垣的画面颇为瘆人。

原本二十年时间没人出入，却在这几日突然来了后人。

镇上的年轻人也不清楚那地方出过什么事，只不过听过去的老人说，那宅子里死过人，这么不吉利的地方，轻易不会有人愿意靠近。

就和每个地方的传说一样，这座园子彻底成了兴安镇鬼故事最爱编排的地方，街头巷尾说开了，讲一段轻易就能唬住小孩子。

谁也不知道，这几天华绍亭就住在里边，由于园子太大，又几十年没人来照看，四处都不方便，好歹有四五间屋子完好如初，正好是他年轻时候养病住过的西边。

他记得这地方的名字——暄园，以最后一代女主人的名字命名。听说过去大家都叫这个女主人暄姨，隔了那么多年，大门口的牌匾印记都没了，但好歹这些事这些人，还有人知道。

"暄园这几年真的荒了，你既然回来了，就去找点人好好收拾收拾。"华绍亭今天似乎不太舒服，下午睡了很久，天快黑的时候才醒，这会儿没什么事做。天色晚了，但他今天好像不打算去看裴熙，于是就有大把的工夫出来走一走。他站在长廊下，看着这院子里的东西破败不堪，能住的就他们那几间屋子，便吩咐韩婼认真打扫。

韩婼和他保持一段距离，但寸步不离地跟着他。他在廊下闲着无聊看月亮，她就站在院子里的树影里。

久没人住的园子很快就荒了，花草树木也没好多少，树枯了，剩半边枝丫，花开败了几十年，池塘统统干涸见底，蔓延出一丛杂草。

她听他这么说，冷冰冰地开口道："华绍亭，你是养尊处优过久了，真拿自己当主人了？"

他并不生气，看向她这边，口气平淡地对她说："彼此彼此，你年轻时候也没有不知好歹的毛病。"

　　韩婼的声音让人听起来有些难受，她的嗓子和声带明显受过伤，虽然恢复到现在，能说话，也让人听着古怪。

　　"不知好歹？"她低声笑，声音透着一股绝望，冷不丁在院子四周回荡，近乎凄厉。不知她背后那棵枯树上落了什么鸟，扑棱棱地直蹿上了天，她点头说："我确实不知好歹，不然当年怎么能信你！"

　　他看了看她，忽然往树下走过来，韩婼非常警惕地向后退开，一路避让到长廊边上的灯光之下，坚持跟他保持距离。

　　他站定了，只觉得可笑，开口跟她说："是你非要见我，现在我来了，你既然想报仇，还这么怕我？"

　　华绍亭看她的眼神无波无澜，这几天回到二十年前的暄园里也没见他动容，韩婼费尽心机，想从他身上找到一些正常人都会有的同理心，或者多年悔意，可惜他一点儿都没有。

　　他只多出一些惋惜，他可惜这园子七零八落，可惜枯了的池塘，可惜被蛀了的木头窗棂，就是不可惜当年的她。

　　她成了这副鬼样子，用了两年时间，经历生不如死的恢复训练才能走路说话，但是刚刚接触外界，却得知华先生病逝的消息。

　　韩婼不信。即使所有人都知道那个人的病情一向严重，早拖过了最佳治疗年纪，又站在风口浪尖上一手控制着敬兰会，几番内斗，他的病情加剧之后还不是说没就没了？但她还是不信。

她不信华绍亭会死，他也不能死。他二十年前欠她一条命，怎么能死在别人手里？

果然，她想得一点儿都没错。

韩婼攥紧了手，越看他越激动，她尽可能压抑着情绪，坚持跟他隔着两三米远，而他说话的声音太轻，再退一些甚至都要听不清他说什么，但她一看见他的轮廓，还是克制不住，本能地想要避开。

人都是会变的，年轻的时候华绍亭心思太重，看着也不像那个岁数的少年人。如今，跟过去比起来，他多了二十年风雨傍身，气度更盛。

华绍亭也懒得再往前走了，就这么遥遥隔着一地断壁残瓦看她，只问一句："你想要什么？"

"水晶洞。"她回答得干净利落，"水晶洞上欠了一条命，老会长亲口承诺的，最后他把敬兰会传给你，那上一辈还不上的债，你来还。"

"不用那么麻烦。"他摊开手给她看，"这么多天了，我人就在这里，什么也没带，你要报复现在就可以动手。"

韩婼终于有了势均力敌的凭借，气急之下反倒笑了，说："华绍亭，死对于你来说简直太容易了，你不坚持吃药，没准再过几天一口气喘不上来就可以死了。"她隔着一地惨白月光，打量他的脸色，又说："让你这副样子挣扎活着才是难事，我怎么能便宜你？水晶洞上那条命，不需要你来偿，我们玩得久一点……看看你的裴裴找不到你，能干出点儿什么？"

他对这答案并不意外，一双眼却越发沉了，说："你到今天还愿意亲自照顾阿熙，可裴裴是她亲妹妹，当时年纪更小，只不过就是个孩子而已，她什么地方惹过你？"

裴欢就是他锥心的刺，一动变色，甚至也不屑于掩饰。

韩婼盯着他这副样子发了狠，好歹留了三分理智，说："我要的结果很简单，我找裴欢要那条命，留下你好好活着，我偏要看看传说中的华先生，没了她是不是也会生不如死？"

华绍亭的笑意淡了，抬眼与她相对，两个人的目光分毫不让，直看得韩婼浑身发冷。

她拼命把那些嫉妒怨恨还有不甘牢牢地撕碎咽了下去，可是华绍亭一眼看过来，她还是什么都藏不住。

他明白她真正的心思，也清楚她为什么一回来几次试探非要拿裴欢开刀。二十年前明白，如今也明白，但是明白不代表他在乎，他不在乎的东西，一般都没什么好下场。

华绍亭从来不和人客气，干净利落地告诉她："韩婼，过去的事我体谅你无辜，既然你还能熬过来，想要水晶洞上那条命，合情合理，我不是不讲规矩，所以我来了。"他一步一步向前走，走到了灯光明亮的地方，她恰好能看清他的脸。

前世今生，她做鬼也不想放过的人，结果现在却隔了二十年的时光彼此相对。

韩婼甚至不敢细看他如今的样子，一时有点怔了，僵在原地。这一时半刻的光景让人恍惚，她不相信彼此还活着，竟然都能熬过那些年的阴狠算计。直到华绍亭慢慢地走到她面前，韩婼才突然反应过来，再向后退已经来不及。

他的手太凉，慢慢扶上她的肩，他看着她，压着她的肩膀逼她面对着他，然后异常有耐心地说："但是你不能碰她，知道吗？如果裴裴有一点事，这次就绝不只是撞死你烧干净这么简单了。"

韩婼怒极反笑，她浑身毁坏的皮肤紧绷到像要裂开，让她又开始神经性地疼，只能抽搐着手指，瞪着他。

她一直用力咬牙，咬了太久几乎麻木，分不清咬破了什么，一口腥咸的味道，哑着嗓子提醒他道："那座水晶洞就是凭证，你也知道这是规矩！"

"规矩？"他轻飘飘地笑了，摇头说，"你躺太久了，可能还不知道，时代变了，规矩也是人定的，如今有什么规矩要看我的心情，也可能你惹我心情不好，我就改个规矩呢？"

韩婼忍无可忍反手顺着要从腰后拿枪，可华绍亭伸手的速度几乎只在眨眼之间，迅速就按住了她。

这一下韩婼胳膊被反拧着，姿势极其古怪，咬着牙磨着血说："华绍亭，你这么有自信？万一我改主意了呢？比如现在杀了你，再去找裴欢也一样。"她被他拦腰按住胳膊，身体逐渐后仰，"你做过的事猪狗不如！我每分每秒都想杀了你！"

华绍亭胳膊用力，于是她要仰过去的势头戛然而止，他也不收手，直接把她向着自己拦腰拉了过来。这姿势瞬间变得有点儿微妙，韩婼像被点着了一样死命地挣扎，他也没想做什么，就只是扣着她的手低声笑。

韩婼非常讨厌别人碰自己，尤其在烧伤之后，何况她看不穿他那双阴晴不定的眼。这男人是条可怕的毒蛇，周身太危险，绝不能和他有任何接触，否则没人能斗得过他。她心里清楚得很，发了疯一样推开他，结果自己跟跄着差点儿摔了，直接撞到花坛的边缘，牵扯到腰侧的伤口，疼得直不起腰。

华绍亭也不再浪费力气，他收手站着，这下无端端又成了居高临下的人。他在原地绕着看了看，打量韩婼蜷缩着痛到痉挛的样子，对她说："我说过了，因为你怕我。"

他说完兴趣索然，抬眼看看四周，看见了一条通往后院的入口。于是刚才这一切就像什么都没发生，他好像本来就想出来逛一圈的，饶有兴致看着远处，打算走开了。

　　两个人交错而过的时候，华绍亭的手刚好碰着韩姞的头顶，他停下来，顺手轻轻抚了抚，就像习惯性地安慰一条狗。

　　他说："再活一回不容易，这次聪明一点儿，别在我身上浪费时间。"

　　韩姞气急败坏发了疯，捡起枪，可惜她这烧毁的身体痉挛起来根本控制不住枪口，明知要放空还是失去了理智，远处的人就像没听见一样，不躲不避，头也不回地走了。

　　兴安镇很久没有这么特殊的夜晚，向来僻静的小镇乱哄哄地有人开了枪。偌大一座暄园，好久没这么热闹了。

第八章 · 少年焰火（上）

曾经，暄园也有过好时候。

这一段故事的起源和园子的来历有关。

三十多年前，韩姥还没出生，正赶上八九十年代交替的时候，沐城飞速发展，但周边远郊这几个小镇跟不上速度，就成了一些组织势力分割的好地方，尤其是兴安镇，安静偏僻，人少自然秘密就多。

敬兰会的老会长出身陈氏，那时候他还算年轻，只不过那个年代的人多少都迷信，尤其是敬兰会里的这些人，在这条道上走得久了，夜里总是不踏实，老会长提前给自己找了无数条退路，也需要一个贴心的避世所。于是他找到这座小镇，收了一座大宅院，偶尔过来住着，当时还供奉了佛堂。

确切地说，暄园并不是他买来的，而是这园子的女主人就是老会长的红颜知己。会里知道的人不多，只有那些亲信心里清楚，坐到会长这个位置的男人，哪能没几个女人陪着？再加上暄姨家里留下一座风水宝地，老会长对于市里的烦心事多了，总能来她这里避一避。

只不过暄姨这段故事并不是个好结局，兴安小镇太小，实在装不下她的心，逼得她触碰了不该碰的底线，非要去挑战老会长对女人的态度。原本谨慎听话的解语花，突然犯了糊涂。

她以为自己命好，老会长情人不少，但都没能给他生个继承人，只有她在这偏僻小镇上悄无声息为他怀了一个孩子，藏了很久，等到孩子五六个月了，她实在瞒不住的时候才跑去公开消息。无非想着对方不可能真的无儿无女，陈家的敬兰会还要往下传，她算准了这层利害关系，希望老会长能把她和孩子名正言顺接进兰坊。

这种故事交给谁去看，都知道打这种算盘的女人只能落个蠢字。可在当年那种无望的年月里，岁月漫长，消息闭塞，碰上敬兰会又是那种情况，一个漂亮女人熬了半辈子没个说法，困守一座园子，明知是白日梦，她也被逼出胆子，要拼尽全力试一试。

最后的最后，孩子还真的平安生下来了，是个女孩，可惜暄姨最终还是没能搬进兰坊，也没能伴老会长左右，甚至到如今，连她的名字都没人提起。这一段纠葛真正成了没人关心的绯闻野史，连发生过的小镇都逐渐荒凉，彻底断了后续。

今天晨起赶上一个阴天，天气不好。四月的日子里满园已经渐渐起了飞絮，有人远远看着，入目就只剩一片清灰。

韩婼天一亮就醒了，她坐在长廊里，一直盯着院子正中央出神。

地上的砖有一片特殊的印子，显然那里曾经摆过庞大的东西，经年累月，青苔绕着长，后来那东西又移走了，到现在什么也看不出来，成了别人嘴里的闲言碎语。

她这次回来，其实没想回到兴安镇，也没想来暄园，只不过她把裴熙带走，对方是个特殊的病人不方便，总要找个避人耳目的地方，最终只好再来到这里。

故园之地，满满都是回忆。

关于韩婼母亲的故事，连她自己都只是听说。据说因为暄姨不合规矩，生个女儿没什么用，渐渐失了宠。毕竟只是一个女孩，将来养得再好，恐怕也镇不住兰坊里的豺狼虎豹，万一养得不好，哪天被对手抓去还要平白成了制衡兰坊的把柄，于是老会长动了干脆彻底除掉她们母女的心思。

暄姨也是太平日子过久了，忘了她只是一个情人的身份，听话的时候还好，但她自从有了女儿之后，开始琢磨出了一段歪心思。她自知有孩子就是凭借，动不动想要养出继承人，甚至开始妄图当上女主人，能对敬兰会指手画脚，老会长那边一琢磨，无疑断了她自己的生路。

惨剧无法避免，女人心再大，不能和男人比狠。

为了保住自己的孩子，暄姨赔上了一条命，从此一命换一命，她在自己家族的园子里自裁，死在院子正中，刚刚好，就在那座水晶洞之前。

她临走的时候，老会长亲自许诺，水晶洞就是凭证，敬兰会里的人必须遵守规矩，暄姨要把这条命赔给女儿韩婼，他就答应她，一定要把韩婼平安地养大成人。

那时候全园的下人都是见证，生离死别一场戏，可受益者韩婼刚出生，还没满周岁，根本来不及参与。

等到她懂事之后，恩怨纷纷落幕，说这故事的人只是个扫园子的阿姨。

对方连惋惜的口气都没有，从暄姨死之后到韩婼都大了，几年之间，这段往事再血腥也禁不住成为茶余饭后的谈资，早给旁人说上千百遍了。于是到了阿姨再讲给韩婼听的时候，也最多添一句嘱咐："会长顾念情分，他是为了你母亲的事才留下你，好好过日子，自己长大了离开敬兰会，想办法谋个出路，不要再惹他生气。"

　　老人说的话往往都有道理，可惜凡是有道理的话大多不近人情，就好像韩婼不是老会长的亲生骨肉，仿佛她的出生本身就得罪了他，成了她这辈子还不起的债。

　　如今韩婼坐在这园子里四处看，暄园早已没有昔日景象，此时此刻她除了觉得冷，实在提不起别的感觉。

　　她甚至谈不上难过，毕竟从记事开始，她为了母亲的往事每日痛苦煎熬，也曾经发狠要报仇，到最后统统都是浪费时间，做一些无用的困兽之斗。事到如今，她已经不想再为上一代的事动容。

　　从头到尾，没人问过她是不是想到这世界走一遭，也没人问过她想不想要母亲赔上的那条命。为了这件事，老会长虽然留她长大，却心里耿耿于怀，终生不认，不让她从陈家的姓，也不让她进兰坊，韩婼只是生在暄园里，却什么都没选，就成了罪人。

　　她在这座园子里出生，长到了成年，因为是老会长的私生女，原本见不得人，也没被允许外出，所以一直没去过沐城。

　　小时候她无比渴望这园子塌了毁了，最好一砖一瓦也不留，但不能如愿。

　　老会长派了亲信固定守在兴安镇，园子里全部都是敬兰会的人。有人送她上下学，她回到园子里也有下人监视，没有一刻自由。她只想麻木地赶紧长大，熬到老会长死了，这些人也就没有闲工夫再来看顾一个私生女，到那时候，她一定要逃离这鬼地方。

为此她也闹出过不少事，逐渐让老会长刮目相看，总之，他换了无数批人到暄园来，最后都没讨到什么好处。

都说这私生女脾气阴晴不定，毕竟一个大活人被当作动物关得久了，性格不会比野兽好太多。

这就是敬兰会里的生存法则，她是个不该出生的孩子，阴差阳错活下来，也只能养在笼子里。

直到有一天，兰坊又来了人，这回倒不是为了盯着她，而是因为来的人身体实在不好，据说因为病了一场之后，被人从市里送到暄园来养病。

韩姹坐得久了，身上的旧伤隐隐作痛，她不得不起来换了个姿势，伸手拍拍四周的廊柱，物是人非，鬼园一座，这些木头却还没腐朽。

也对，她和华绍亭都还活着呢，这园子几代风雨，哪能说没就没。

认真算一算，那已经是二十二年前的事了，彼时韩姹十六岁，刚升高中。某天她起来突然不痛快，装病不肯去上学，赖在房间里躲着。

那一年她是第一次见到华绍亭，他还不是人人闻风丧胆的华先生，还没有前呼后拥的排场，他孤零零独自一个人，就坐在这长廊下……

韩婼一时想得远了，仔细回忆，如果她没记错的话，那段节气和现在正好相反，刚赶上立了秋，天气并不冷，只不过早晚有些降温，可是华绍亭总爱披着一件白色的毛衣，分明像是不舒服的样子。

其实她之前几次路过，远远看见过他，但彼此都没说过话。那天下午，她逃学没事做，经过西边去后院，又偶然路过见到他。

韩婼这回仔细看了看他，对方年纪和自己相仿，脸色却极其不好，过分苍白，明显带着病。他让人搬了个藤椅出来，还非要避开太阳，一个年纪轻轻的少年人，大半日都倚在廊下不动，不知道有什么古怪的毛病。

左右无人，冷冷清清，韩婼正好走到和他对面的长廊里，两个人隔了四四方方一片院子，她远远地冷着脸，警惕地跟他说："会长让你来的吧。"

对方靠着一根柱子，低头不知道在看树影还是别的什么，他忽然转脸瞥了她一眼，那态度分明没想理她，但她既然说话了，他就拿出三分精力敷衍，也不寒暄，突如其来直接就问："韩婼，这名字谁给你起的？"

她并不意外他知道自己叫什么，毕竟这园子是她的牢笼，只为了关她一个人。于是她也就随口回答道："听说是我母亲起的，会长不认我，我只能跟她姓，不知道她从哪里找来这么一个字。"

不好写，也不好看，念起来更不好听，难怪不招人喜欢。

然后她就看见对面的人笑了，好像他忽然觉得有点意思，这一下总算有了一点缓和的态度。他也不是病恹恹地那么虚弱古怪，至少笑起来的时候看着像个活人，所以她就有了好奇心，往他那边走过去。

他的手指长而少血色，点着藤椅上的纹路，轻轻说："这个字的意思不好，娒，不顺从，难怪会长忌讳。"

韩娒离他近了才发现这个人气色不好，说话声音轻飘飘的也和正常人不一样，恐怕得的不是小病。

她不想听见"会长"这两个字，于是有点生气，停了脚步，站在院子正中看他，问："兰坊是没人了吗，派你这么个病秧子来守着我？"

说到底，其实暄园是韩娒继承的园子，然而这个轮廓淡漠的少年人打从进来那天起，就没拿自己当外人。他选了最宽敞的房子住进去，舒舒服服给自己备了椅子，从容不迫，主客倒置。

华绍亭面对她的质问依旧没从藤椅上起来，就这么懒洋洋地靠着，上下打量她。

他那目光毫不客气，却又不带任何感情色彩，扫一眼过来，仿佛她只是一出不入流的戏码，让人看得索然无味。

虽然韩婼从小身份特殊被人严密看管，但知道内情的人都明白她是老会长唯一的亲生血脉，没有人摸得透会长的想法，人人对她私下好歹让三分，只怕哪天万一会长转了心思，不能得罪了韩婼。

但这个少年人和兰坊的其他人不同，他彻头彻尾没把她当真。那目光完全不顾忌她的身份，变成了他来审视她。

韩婼脸上有点儿挂不住了，生气地错开眼，顿时在心里把华绍亭划到敌人的位置。她心里盘算着，要赶紧想办法让他知难而退，逼他尽早从暄园滚回去复命。没想到她还在那儿发愣，对面的人却忽然从藤椅上坐起来了。

他好像也在这园子里无所事事待烦了，四下看了看，想起什么似的，忽然开口跟她说："你想出去走走吗？"

她有点犹豫地看着他，从来没人问过她这问题。每个派来守着她的人都定时定点接她出入，只为把她看好不让她跑出去。对一个没有自由的人问这种问题，像是故意诈降的圈套，于是韩婼本能地摇头。

华绍亭不理她，披着衣服站起来，四下看了看又对她说："走吧，跟着我。"

"你是谁……你要干什么？"韩婼有点儿蒙了，她不知道这是什么把戏，站在当场不动，华绍亭也没理她，快要走到拐角处，他整个人拢在那件松散柔软的毛衣里，离得远了看过去角度刚好，只觉得这人映着一整片浓郁草木，更显得轮廓浅。

韩婼有点儿怀疑，他……真的只是个病人？

她当时心性不定，那会儿的华绍亭也终究年轻，可韩婼记得她当时就发现他看人的目光很特别，带着极强的主导意识，好像无论什么东西在他眼里都逃不掉。他就这么凭空而来，活像只白毛狐狸，明明知道鬼魅难信，都是惑人的把戏，可有些人天生就有这种本事，哪怕他说一句随随便便的话，也能让人极难拒绝。

那天下午，韩婼还是跟着他走了，无论如何，她不愿放弃任何一个可以溜出去的机会。

后院的围墙外就是停车场，九十年代初期家家户户都有了车，这停车场就是车的数量多了之后才扩建的。为了方便来往，暗园的下人在后院的院墙上修了一个铁门，一般白天有人出去的时候打开方便通行，没人走的时候就被锁死。

华绍亭让她躲在拐角处等了一会儿，他去把守着后门的人支开了。这整座园子只防韩婼，这些人知道华绍亭是兰坊搬来的，自然没人想拦他，于是顺理成章，韩婼偷偷跟着他也就有了出路，一路从后门出去了。

两个十几岁的少年人，刚刚说了两句话算作认识，因为被圈在那园子里住久了，突然就在那天下午同仇敌忾有了同一个目的，为了能够溜出去走一走，她觉得自己和这个古怪的人在瞬间达成了某种奇妙的默契。

韩婼很久之后问过他，为什么当时要带她出去，华绍亭几乎都忘了，他只是因为自己被逼着养病躺久了，好不容易想动一动，又正好在廊下看见她，顺手带她一起。

他真的只是顺手，牵条狗、遛只猫可能也一样，但这开端对于韩婼而言，却几乎等同于命运的转折。

那天园子里格外安静。

他们一起出了院墙的后门，还有一条狭窄的巷子通往车场。因为后门的建设完全超出原有暄园老宅的规划，导致余地有限，最后这条巷子仅有一辆车的宽度，一向都是单向道，仅能出，不能进。

韩婼提着一颗心，前后张望，生怕有人过来拦她。

她一路只顾着低头跟他走，到了这里才想起要问他的名字，暗暗记下了，又低声和他说："你看着不太好，嘴唇颜色不对劲……你是不是有心脏方面的病，这情况你还进敬兰会找死？"

正常人都未必活得长，何况他？

华绍亭好像一点儿也不担心自己的情况，没回答她的问题，只是他一路走得快了有些气闷，于是缓下脚步，回头看了她一眼说："你好端端的也不应该被关在这里。"

那天阳光不错，九十年代的时候，处处还流行种着桂花树，一到那个季节，空气里多了些淡淡的香气。这一时半刻的景象让韩姞有些恍惚，几乎忘了自己是只笼中鸟。她说好听了是个秘密养着的私生女，说难听了就是随时待宰的祸根……这些年有时候她都佩服自己，不知道她是怎么在这院子里一天一天熬过来的。

十几年，她几乎没见过兴安镇以外的世界，她被上一代的恩怨捆绑着没有出口，被人关在这种绝望压抑的生活之中，直到华绍亭出现，突如其来帮她翻了一页，直接就跳到了这个午后。在一条小小的巷子里，连砖缝里的灰她都看得清清楚楚，只觉得一切美得不真实，像凭空幻化出了一座桃花源。

她开始妄想从此以后的生活有所不同，起码这个人来了，这如死水黄汤一般的日子，总算起了波澜。

韩姞跟着华绍亭的影子一步一步向前走，她第一次遇到这样的人，竟然愿意带她往外跑。于是她逐渐卸下心防，跟着他走到停车场的时候，不由自主话都变多了。

"我没别的路可以选，命不好，生下来就是个祸害，可你不一样。"

华绍亭口气平平淡淡地说："是我自己选了敬兰会。"

她惊讶地看他，但只是一瞬间，又看他这副样子，有些替他担心。

他也没故意掩饰什么，一边四处看看，一边说："我想要的东西太多，可惜时间有限，敬兰会对我来说是一条捷径。"

说着说着他找到了自己的车，打开车门，韩婼站在一旁盯着他，突然又怕他这一路都是耍她。如果华绍亭这时候翻脸不认人再把她扔在这里，脸面可就真的丢大了，让人发现传到兰坊，会长一生气，估计又要折磨她。

韩婼有些慌，但板着脸不肯让人看出来，不由分说跑过来跟着他，一把拉住他的车门说："带我一段？"

华绍亭上下打量她，皱眉问她："你会开车吗？"

她点头，飞快地坐到了驾驶位上，说："去年有个阿姨来给我做饭，我实在闷着无聊，看她心软就求她，让她晚上偷偷教我开车，但是他们从来不许我出去。"

他正好省心省力，二话不说就把自己的车让给她，道："那你来开。"

她从一开始只敢出去在小镇上绕一圈，到后来开车去了镇外的河边，再后来，试着顺着公路往远走。

后来两个人认识之后大致也聊过，知道彼此同年生，年纪一样，但华绍亭显得比她沉稳得多，他从来不问她要去哪儿，只要他偶尔闲下来，就私下带她出来。他有时候只是靠在车窗上出神，任由韩婼胡乱开车，一路都不太说话，凡事能省三分力就绝不浪费。

韩嫽暗中观察下来，华绍亭也没什么特别喜欢去的地方，他不喜欢主动理人，这么个冷冷淡淡的脾气，反到遂了韩嫽的心意。

有时候她放着电台一路开车，玩野了太胡闹，手忙脚乱的时候踩不住刹车，身边一直静静坐着的人会突然伸手帮她抢挡减速，车速被迫降下来，两个人才安全。

他甚至都不看她，一句话也没有，只肯在关键时刻替她挽回颜面。

有时她乱了分寸，还来不及松手，就和他的指尖碰在一起。

那大概就是最近的距离了，是韩嫽和华绍亭相处两年，仅存的接触。

那时候韩嫽疯疯癫癫，正好是叛逆的年纪，好像没和他说过什么好话，大多数的时间都是各自出神。

多少凉薄世态，动荡顽抗，可她牢牢记得彼此手指交换的距离，不过一个座位之远，那时候的华绍亭还没被盛名所累，虽有锋芒，仍是少年模样。

这似乎成了韩嫽在暄园里唯一的消遣活动，让她暗如死水的人生里终于找到一点儿期待，第一回有了类似憧憬的情绪，她等着盼着，有朝一日能跟华绍亭回兰坊去看看。

那毕竟是暄姨赌上性命也想去的地方，她母亲直到临死之前，还不惜用尽一切手段，企图为女儿铺路……她的死，韩婼的生，仿佛只为了那条街献祭。

再后来呢？韩婼有点儿记不清了，或许也因为真的没再发生什么大事。

华绍亭那段时间身体情况不太好，据说因为不久前他们在外边出了事故，他跟着老会长外出善后，回来勾起了旧病，每隔几天都要做检查，幸好在暄园这种清静地方养着，就这么过了几个月，他逐渐停了复诊，看着气色也好起来。

韩婼因为华绍亭的病拼命去查相关的消息，在那个年代互联网还不发达，她只能让人帮忙从外边买了很多类似的书和杂志回来找资料，虽然看不懂，但时间长了，她逐渐明白了一件事。

华绍亭应该尽快做手术，他的先心病是遗传造成的，等到成年后就没希望了，做手术是他最后的救命稻草。

后来他离开了两天，回了兰坊。韩婼以为他真的能去好好找医生会诊商量手术方案，却没想到很快他又住进来了，还是那副样子。

韩婼比他都急，好几次问他为什么不做手术，他只是说现在国内条件达不到，他的病情太复杂了。

这就是个明眼人都知道的幌子了。明明兰坊里的人对华绍亭多有忌惮，他还年轻，风光正好，已经成为会长眼前的红人，加上会长没有儿子，名正言顺把他认了当养子，这样的身份，送他出国去看病也不是什么大事，但不知道为什么，他始终没能把病治好。

他仿佛一直都在养病，偶尔出去有事情要办，回来也还是那副怏怏的样子。

就这么过了大半年，暗园里又有人被送进来。

这次来的是两个女孩，和他们隔开两个院子住。女孩都很小，大点的姐姐也才七八岁，妹妹还不记事，都有专门的婶子看顾，听说是老会长兄弟家的晚辈，家里出了变故，老会长上了年纪，身体不好，发了大大的善心，于是借机把她们带进兰坊认了当作养女，很是看重，找人仔细照顾。

原本想直接养在兰坊那边，可兄弟之间下一代的孩子里没有女孩，都是一群男人不方便带孩子，会长只能给她们姐妹先找个地方凑合过一段，大家琢磨了一圈，决定先送到暗园，等兰坊的朽院扩建好了，很快还要接回去。

这可真是个天大的笑话，韩婼把自己关在房间里好几天，心里咒骂千百遍，只盼会长赶紧出事早日归西。那男人禽兽不如，逼死她母亲，在暗园关着亲生女儿不肯认，还非要接二连三从外边捡孩子回来养，活该他才过了五十岁，身体就每况愈下，都是报应。

她几天没动静，憋在房间里等着有人来劝自己，却发现根本没动静，华绍亭看不见她也不来找，于是她有点儿沉不住气，最后还是自己出去了。

天气渐渐冷了，华绍亭仿佛也怕冷，很少出来走动了，尤其隔壁院子来了两个小孩，每日吵吵闹闹，他最烦噪音和小孩，如果不需要外出办事，他几乎不怎么在园子里出现了。

这一下韩婼就有些着急了，有事没事找人打听他的消息。以前她隔三岔五要闹上一出发泄怨恨，寻死觅活，或是毁点儿东西折腾出动静，但自从华绍亭来了之后消停多了，她每天什么也不做，白天迷迷糊糊去上学，下午盼着跑回来能见他。

韩婼一安静下来，兰坊那边的人收到消息都觉得奇怪，人人都知道华绍亭岁数不大，但绝非池中之物，暗园里的事是上一代的积怨，旧日恩仇，谁也不愿轻易引火上身，不知道华绍亭用了什么办法，竟然轻易就把这颗烫手山芋降伏了。

转眼半年，他已经帮老会长把这一出十几年的波折彻底熨平，听说韩婼还肯踏踏实实去上学了，也不再动不动发疯似的闹着要出去。

很快私底下有了些胡乱猜测的风言风语，说他真是有点儿邪气，指不定身上有些什么古怪，尤其那双眼睛，无论盯上谁，都要丢了命。

华绍亭的名字很快传开了，他本人在风口浪尖上，却根本没在兰坊住。正是各方形势最好的时候，其余人拼命想往那条街上挤，他偏要搬出来，避开乱七八糟的是非，找了个僻静的兴安镇一住就是两年。

连韩婼都看出来了，华绍亭年纪不大，可城府极深，他说的话真真假假，能有几分可信根本听不出，他的心思远比同龄人可怕，想要的东西也确实很多，声望、权势、利益……最后他可能还想控制兰坊里所有人，但他这样筹谋，却同时让人看着，总觉得他心力有限，也没有投入太大热情。

顺势而为，他好像从来没有强求过什么。

韩婼无数次午夜梦回惊醒了，总是莫名想起他，那人的轮廓幽幽暗暗，脸色越发的淡，看着看着，总感觉他快要随风一起散了。

她不知道华绍亭为什么要搬来这里，也不知道他为什么非要平白无故来惹她，让她这颗心被关在笼子里也不得安宁。

韩婼从小就有失眠的毛病，后来又多了个怪癖。有时候天没亮，她睡不着，就蹑手蹑脚跑到西边去守着华绍亭。她原本是个生人勿近的古怪脾气，白天豁不出去脸低三下四，只到了四下没人的时候，才能不管不顾过去找他。

她不记得自己这样偷偷守着他过了多久，直到兴安镇下雪的那一天，她终于见到了华绍亭。

那天真是一段难以启齿的回忆，以至于让人印象深刻。

韩婼一大清早偷偷从房间里溜出去了，那日子节气不好，天亮得晚，廊下灯光灰暗，她左右看着，特意避开人。

其实她不知道自己要做什么，也不能做什么，只不过孤独深入骨髓，时光漫长，人生无望没有出口。她是条沉入深海的鱼，除了活着之外连呼吸都毫无意义，但凡让她找到一件能做的事，哪怕是每日站在雪地里，她都愿意重复去做。

她伸手一点点拨弄他窗下落的雪，那场雪下了一天一夜才停，足足下透了，积了厚厚一层，还没来得及打扫。

她不怕冻手，一点一点擦，把他窗子下的纹路都清出来，细细地看，他好像很喜欢这些老东西，暄园里凡是古旧的器物他都留心。

有一次他们开车出去闲逛的时候，韩婼问他，他说因为小时候在大院里长大，母亲家里留着一些古董，他从小看着看着，成了习惯。

黎明时分，气温很低，没几分钟韩婼就冻得手指发抖，还非要盯着他的窗户出神。

谁也不知道她有这个怪癖，非要跑到西边窗脚下站着，数木头的纹路。

　　远处有下人早早起来扫雪，也根本没注意长廊下是不是有人。

　　伴随着扫地的声音，一阵细细碎碎的说话声传过来，韩嫽听得清楚，有人在说华绍亭的事，她也就留了心。

　　"他是个聪明人，会长心太重，这两年看着身体不长久，兰坊里多少双眼睛盯着他呢。台面上数一数，能继承敬兰会的人选，暂时就他一个养子，他在咱们这里还管住了嫽姐，老会长肯定更加看重他。"

　　"你的意思他能上位？他可不姓陈。"

　　"那就不一定了，咱们这一位倒是亲生的，可也不姓陈啊，我听兰坊回来的人说……他们两个之中，应该会选一个。"

　　那声音逐渐就有些收不住了："啊！那他来暄园就不是养病的了……"

　　韩嫽没听见后边的话，因为她刚走神了这么一会儿，面前的窗户就突然被人推开了。

　　迎面一阵雪，扑簌着飞起来，她吓了一跳，本能向后躲，差点儿被窗户打到脸。

　　那些下人在长廊尽头听见西边有动静，再也不敢说闲话了，纷纷扫着雪避开了。

　　华绍亭醒了，他正从屋里向外看，似乎刚起来，懒懒的，还有些困倦。

两个人隔着半扇窗户,他发现韩娬就站在屋外,也没惊讶,只是抬眼打量,又往远处看,丝毫没有怪她的意思。

韩娬又惊又窘,开始生气,她不知道他为什么总是一副无所谓的样子。可明明谁都知道,华绍亭野心极大,她看不透,摸不着,就觉得他故意拒人千里。她封闭太久了,与华绍亭的距离天差地别,动了心思拼命想离他近一点儿,却在这冰天雪地里,发现他们之间的隔阂远不止一扇窗。

韩娬被他撞破,又气又急,退后了两步,也装出一脸若无其事,和他说:"我正好路过,你……你醒这么早?"

他点头,又说:"吵死了,半夜猫叫,你又在外边,还有人说话。"

原来他睡觉这么轻,一直知道她在窗外。

韩娬第一次脸红,从头到脚尴尬到僵硬,狼狈得只好错开眼睛。

"猫?"她慌乱之下岔开话题,拼命顺着话帮他想猫是哪里来的,忽然明白过来,说,"哦,隔壁院子那俩小姑娘有一只猫,估计是她们婶子给抱进来玩的。"

华绍亭觉得屋外很冷,于是整个人又退回了暗处,把窗户挡了一半,只透过窄窄的缝隙透气,声音显得有些无奈:"小孩太麻烦，不过她们不会一直住在这里，朽院过完年就修好了，会长要把她们接回兰坊。"

韩婼不能让话题停下来，她生怕华绍亭问她为什么天天要来他窗下，于是随口往下说："我偶尔去看过，那个大点儿的姐姐好像受过刺激，不肯和人说话，医生说让她们养个小动物，对她心理有帮助。"

她心里还惦记着关于他的无数个疑问，但因为华绍亭突然开了窗，那天早上她实在没脸站下去，什么都没顾上问，匆匆忙忙就跑了。

人年少的时候，总有太多说不出口的话，非要藏在心底，宁肯自问自答也不愿点破，渐渐变成了痴心妄想。

如今的韩婼不需要再问，她觉得自己那时候真的可笑又可悲，一个被关了十多年的废物，什么世面都没见过，对于华绍亭而言，可能连心思都不用费，只要他动动手，就能轻易把她困在股掌之中。

她偏不自知，以为他心软，出于同情才愿意带她出去，后来成了习惯，再后来，两个人性格使然，虽然总是不冷不热地保持距离，但他们共同守着一座暗园，总能生出些情义。

哪方面的情义不重要，重要的是，韩婼以为她就算是个无关紧要的陌路人，陪他相处两年，没机会青梅竹马，最起码……算得上患难之交。

人心肉长，能有多大差别，她那时候真傻，傻到以为华绍亭是为了陪她，才一直没回兰坊。

可惜活到十八岁的韩婼还是道行不够，始终没悟出来一件事，华绍亭从来不交朋友。

第 九 章 · 少 年 焰 火 （下）

不知道后来这二十年，兴安镇有没有下过那么大的雪。

韩婼一早上一直在院子里出神，直到身后有人过来。

华绍亭起来了，一路走到这里，看她坐在廊下，也就顺着她的目光看向地上那片印子，同样停了下来。

他有些感慨，突然说了一句："当年不该让人把水晶洞移走，这样阿熙也就不会爬去里边玩儿了。"

韩婼今天穿了一身纯黑色的长裙，沉着脸，谈论起老会长只剩讥讽："他那种人，老了之后竟然还怕报应，亲手逼死我母亲，又在后边雕佛像，欲盖弥彰。"她突然抬头看他，又问："你呢，华先生，你怕报应吗？"

她问完都觉得答案太明显，可华绍亭这次沉默了，他慢慢地抚着手腕上的香珠，很久也没答话。

"果然，无论男人女人，一有孩子心就软了。"韩婼低头嘲弄地笑，"你也有为难的时候。"

华绍亭难得说几句真话："是啊，我以前没这种感觉，有了笙笙，突然明白当年暄姨的心情了。"他转向她说："这园子里没几个好东西，除了你母亲，只有她的死是真心，为了换你一条生路。"

以前韩婼充满了怨恨，因为她的生活都是暄姨自私自利强行留给她的，但二十多年过去，她自己经历过欺骗背叛和死亡的恐惧，不能否认她母亲用最决绝的方式，在这人间苦海里用血给她蹚出了活路。

一个女人的自私、愚蠢、痴心妄想……所有人都可以不负责任肆意指摘那段故事，但韩婼不能。

华绍亭坐在她身边，现在想一想，当年两个人年轻的时候各怀心思，极少真心实意地并肩而坐，此刻却能借岁月磨人的光，心平气和地相对。

无论是沐城还是兴安镇，早就没人种桂花树了。后院那条通往停车场的路也被一把火烧尽了，"时过境迁"这四个字最伤人，人走茶凉，再说什么都显得来不及。

只是剑拔弩张用力久了，再硬的弦也要断。

两个人一时都想起过去，谁也没再说话。

长廊尽头有人扶着墙，一路摸索过来。

裴熙披散着头发，依旧穿着睡衣，一看就是一早突然惊醒了，就这么跌跌撞撞，顺着路找出来，嘴里还念叨着喊："姥姐？"

韩婼今天心情不好，没有耐心去哄她，叫下人追过来，把她扶了回去。

华绍亭遥遥看着裴熙，看着她从出现又被人带回去，终究叹了口气。

他突然回头对韩婼说："我没想到你会回来，那时候在园子里，你我之间总要有个了断，但结果并非我的本意。"

韩婼转过脸不看他。

他的口气只是在说一件平常事，用尽耐性告诉她："你不知道时局变化，很容易被人利用，没必要为了别人的算计来报复我，你也动不了我，不用白费力气了，等阿熙稍微好一点，儿我带她走。"

又是这样。

如果她没有二十年生死波折，几乎又要被他蛊惑，捧上一颗心听他任他，又要痴痴地以为像他这样的男人，愿意孤身前来又说这番话，终究还是顾念往昔情分。

只不过她付出过惨烈的代价，再傻也不会重蹈覆辙。

韩婼冷笑，华绍亭这是企图说服她，放他们直接离开，未免有些太自大了。

她把当年的事说给他听："华先生贵人多忘事，我来给你提个醒，你当初是风头正好的会长养子，出生入死，一心只想继承敬兰会，如果没有我，你确实毫无阻碍，可偏偏暗园里还关了一个私生女。"

华绍亭一点儿也不生气，饶有兴致，示意她继续说。

"那几年会长为了我这个私生女的事头疼，你就借着养病的机会搬过来。一方面，你对陈家来说终究是外人，在兰坊锋芒毕露不是好事，需要避一避。另一方面，你如果能帮会长解决我这个难题，那敬兰会几乎就是你的囊中之物了。"

"说到这里，基本都对。"他好像很满意，转身找了个舒服的姿势靠在柱子上，继续等她分析。

韩婼的嗓子干哑，已经听不出什么情绪，接着说："到了暗园，你发现我其实没什么城府，根本不是你的对手，随便哄一哄就能在老会长那里交差。对于兰坊，他当时只有两个选择，要么接我回去宣布我的身份，让我名正言顺凭血缘继承，要么他就把这一家子人留给你，让你凭本事服众。"

他们俩的对立关系从一开始就注定了，只是韩婼年轻的时候恨透了敬兰会，从来没认真为自己打算过。

华绍亭的表情似笑非笑，仍旧没有打断她，于是韩婼又说："只有一件事，我到今天也没想明白，你既然是来试探我的，发现我根本构不成威胁，那只要把我看好就能完成任务，为什么还敢带我出去？你就不怕把事情办砸让我跑了？"

他们都说她是条关傻了的疯狗，为了逃跑见人就咬。

他定定看着韩婼，让她后半句话硬生生卡住，胸腔起伏很久才逼着自己问出来："还有，你为什么不走？两年了，你早就可以回去了。"

就算难以启齿，可对于过去的华绍亭和韩婼而言，那两年无疑是一段朝夕相对的年月，园子不大，经常相见，他们有时候干脆一起吃饭。她还记得华绍亭年轻的时候吃东西就格外挑剔，那个年代，选择进入敬兰会的人大多出身不好，只有华绍亭是个例外，他的教养和习惯从一而终。

他如果只是完成任务早早脱身，她可能死到临头那一天，也能像她母亲一样认命。

毕竟这世上有人生而矜贵，有人注定投生深渊，这命怨不得。

华绍亭脸色有点儿不好，突然开始咳嗽，半天才缓过来，韩婼就在他身边，说着说着也停下来，看出他似乎不太舒服。

她僵着不动，只觉得身边人的呼吸声不对劲，于是伸手过去拉他的手腕。

华绍亭清了清嗓子，抬头看了她一眼，韩婼也没想做什么，只是顺势测他心跳，他转了下手轻易避开了，起身就往回走。

她在后边喊他："你这几天是不是都没吃药？"

华绍亭不理她，回到他这几天暂住的屋子，她一路追过来，进门就看他一直捂着胸口，似乎心跳有些异常。

他这病缠了他一辈子，出来这么多天没连续监控，情况也不好。

她想看看他还能有几口气，四下找了一圈，把外套拿来给他披上，又站在他身后扶着他的肩膀，眼看他情况不好，还要低头过来说话，火上浇油刺激他："你要是今天死在我这儿，裴欢估计连尸体都找不到，就算她能回兰坊，她能把天翻过来，可那条街上还认识暄园的人，也没剩几个了。"

华绍亭平复了一会儿总算好一点儿了，顺势坐到窗边去了，韩婼绕到他身前，弯下身看他，又去抓他的手。

他一直没开口，不舒服就不想费力气，于是手腕上也不用劲，任由她捏着。

如今，韩婼对他离得再近也带防备，她感受着他的脉搏静静等了一会儿，发现他心跳的频率逐渐恢复正常就想收手，刚要转身，没想到华绍亭突然压下手腕扣住她的胳膊，一把将她拉过去。

韩婼几乎是被他摔在墙上的，旁边就是老式的窗棂，年久失修，歪出来几道木头刺，就这么剐破了她的衣服，直接刺进肉里。

华绍亭这一下力气格外大，远超韩婼的提防，突如其来把她撞得闷哼一声，咬紧牙说不出话。

　　她被牵扯到身上的旧伤，再一次疼得弯下腰，他还掐着她的胳膊，她痛苦到喉咙之间嘶哑着一阵低喊。

　　华绍亭唇角的颜色黯淡深重，好在还能说话，于是声音也就轻到只有他们两个人能听见："你啊，永远差一步。"他的手指向下，抓住了她的手，轻轻点着她的手背，一下一下，似乎在提醒她好好听，"我当年放你出去，是因为造笼子关疯狗是只有蠢人才会用的办法，对付你其实很容易，你一辈子都在反抗，没人肯给你一点儿甜头，只要许你一点儿微不足道的好处，你不但不会跑，还会对我感恩戴德，再加上那会儿我肺部感染，要远离市区休养，到这里躺得浑身难受，正好找个人替我开车出去兜风。"

　　是啊，华绍亭在的那几年，就算把韩婼放走，她都能回来找他。哪怕他夜里睡觉，她就去雪地里站着，真成了一条被驯服的狗。

　　韩婼听着听着几乎迸出眼泪，好几次用力想要站起来都是徒劳，最终又抵不过旧伤剧痛，蜷着背颓然摔了下去。

　　他继续点着手指，慢慢说："为什么我不走？因为老会长当年让我来暄园养病的时候，只有一句交代，你和我之间，只能活一个。"

　　所以那时候只要她活一天，他的事就没办完，想回也回不去。

　　韩婼几乎瞬间就疯了，她仰头拼死瞪着他，就是不想让眼泪掉下来，直到眼角血红，她恨到了极致，压着声音竟然还能笑出声。

这就是敬兰会的生存方式，亲生父亲为了敬兰会的大局，拿她当试炼继承人的筹码。这是磨砺华绍亭的考验，也是她这个私生女的生死大劫，无论他们哪一方熬过去，都可以作为胜利者。

一将功成万骨枯，老会长谋虑之深，把整个暄园铸成一座活人炼狱，心不够狠的那一个没资格进兰坊，也成不了敬兰会的主人。

她只记得大雪窗下他那双眼，却永远不知道还藏了多少见不得人的丑事。

所以那一年华绍亭就那么凭空而来，韩婼根本无法成为他的对手，从她第一次跟他开车出去开始就已经一败涂地，她的日子开始倒计时。可她根本不信，华绍亭没有威胁也没有恐吓过任何人，他只是安安静静和她在这园子里过了两年，就把所有想要的都拿到手。

他把诱饵拿在手里慢慢扔给她，再一步一步往后退，引她自己跟上来，主动往他的网里跳，勾得她平白浪费了那么多时间揣摩他的心思。

甚至……甚至到最后，她终于十八岁成年，会里突然又派了人过来，她才确定地知道她和华绍亭只能有一个人回到兰坊，所以，她万念俱灰之下想了一个办法，那可真是个女人的办法，几乎犯了和暄姨一样的错误，痴心妄想。

韩婼赌上这条命，拼死约他一起逃走，既然这条路容不下他们，那不如一起离开敬兰会。

她后来比谁都明白这念头有多可笑，她一定是疯了，鬼迷心窍，才心心念念被他迷得失了心智，把这条毒蛇当成唯一的救赎。

她只是他驯养的狗，到了为主献身的时候，竟然指望主人放弃一切跟她从头来过。

岁月始终轮回，此时此刻，韩婼又一次在他面前苦苦挣扎。

华绍亭放开她，垂手过来拍了拍她的脸，说："你可能不知道，从我来的那天起，你就必须死，只不过你一个女孩子，什么也没做，纯粹为上一代受过，确实无辜，按规矩不该那么对你，那两年我也想过取舍的办法。"

她无法再承受他看过来的目光，原来从一开始，她在他眼里就是个死人。

韩婼挣扎着爬起来，倒吸了一口气才站稳。她摔得很狼狈，肩膀处的衣服被不平的墙壁剐开，露出烧伤之后狰狞可怕的皮肤。她不想再遮掩了，听见他的话笑得更大声，伸出手拉开袖子给他看，她从脖子往下再没有一处完整的皮肤，全是再也无法平复的伤："这就是你取舍的办法？"

她如法炮制，和他这种阴鸷的男人斗，绝不能被他控制节奏，光想利弊只会输，要想清楚对方如今唯一在意的东西。

韩婼把袖子一点一点放下来，扣好扣子，让自己起码看上去完整无缺，她好言好语提醒他道："这园子没人求你留下，是你自己来的，你也随时可以走，只不过你走了，这条命我就找她们姐妹来还，到底要算在阿熙还是裴欢头上，你自己选。"

门口的女人说完这番话就摔门而去。

四下再也没有任何动静，一早阴着的天渐渐起了风，云层散开，逐渐出了太阳，没过多久，窗外的亮光毫不客气投进来，空气里翻滚出一阵细小的尘埃。

韩婼走得正好，她情绪起伏不定，再多留一会儿，华绍亭就没力气和她废话了。

他撑了一口气把她逼走，一安静下来突然觉得胸口一阵接一阵地绞疼，左手连带着有些抬不起来，好一会儿才缓和。

墙角处的窗户没关好，也可能是因为撞掉了一边的窗棂，彻底关不上了，导致屋里的光线越发有些刺眼，可他没力气再去放下窗帘。

这好像就是他当年住过的房间，他从来不刻意记住什么，于是看见了，也只是觉得熟悉。他还有工夫想了想，想起床边应该还有个书架，难怪他盯着那地方总觉得别扭，好像少了点儿什么，仔细一想才记起来，现在书架没有了，应该是后来被人毁了。

地上零星还扔着几本他年轻时候看过的书，积满厚厚的灰。

十八岁……每个人都有十八岁，有人天之骄子幼稚轻狂，也有人生来病弱为了活下去不择手段。

所有的一切都公平，想要什么就拿自己拥有的去换，在他的世界里，从来没有白来的活路。

华绍亭由着那道光一路照进来，整个人向后仰着倒在床上，他沉沉呼出一口气，终于闭上眼睛。

韩婼自然什么也没看见，她心里有事，飞快地从华绍亭房间里出来，顺着长廊离开。

有人急匆匆从外边回来，一找到她立刻跟过去，拿出一袋东西递给她说："婼姐，你前两天让大家去找的这种药是抗排异用的，镇上的小医院没条件做大手术，根本没有库存，我们连夜去沐城找人想办法，终于买到了。"

她拎着袋子停住了，忽然回头去看，华绍亭刚才回到房间里之后，一直没有再出来。

云淡风轻，太阳慢慢升起来，廊下背阴，空荡荡的没有人影。老园子里的穿堂风大，几十年没人管，吹得窗子都快烂了。

她后背被他撞得生疼，明明让人找了好几天的药，现在又不想要了。

她自从出事后就很怕光，躲开太阳走得远了，又拉起裙摆拼命裹住自己，想了想把那袋子甩给拿来的人，吩咐他们统统扔了。

所有的夜路都艰难，敬兰会里也有人熬着没有睡。

裴欢将家中事务交给老林安排好，很快暗中回到了兰坊，她住在丽婶的院子里。她没有提前告诉会长陈屿，但兰坊四处都有眼线，她再小心谨慎，一路上肯定也瞒不过朽院，只不过她不公开去说，会长那边暂时还不会声张。

她追着丽婶问了一整夜，最后就在她房间外边的沙发上等，等丽婶给她讲一讲当年的缘故。

裴欢很清楚，丽婶那一晚听她提到水晶洞就立刻觉出外边有危险，还特意跟在她车后一路保护，显然丽婶知道那东西代表了什么，对方是会里老一辈的人了，不可能完全没印象。

这是目前裴欢唯一能问的人，也是这条街上她唯一愿意相信的人。

但丽婶眼看事态发展却还是不肯开口，裴欢等了一夜，磨到丽婶没办法要进屋睡了，她也不肯回自己房间。

裴欢就趴在门外的沙发上凑合休息了几个小时，丽婶嘴硬，说是太累了不肯理她，结果第二天终究醒得早，眼看这孩子辛苦执着，自然睡不踏实。

天色确实不太好，后来又开始刮风，也不知道最近沐城的天气怎么了，入了四月，气温反反复复。

暗园里的人把药扔了的时候，兰坊这条街上的人也都纷纷起来了，赶上家家户户开始吃早饭的时候，丽婶去给裴欢做了热粥。

牛腩切成小块炖得软烂，前一晚提前煨了几个小时，早起丽婶亲自去忙活，端出来她最拿手的牛腩栗子粥，这可是兰坊里小孩子最馋的味道，也是裴欢小时候最爱喝的。

裴欢也好多年没尝过丽婶的手艺了，闻到那栗子甜甜的味道一下子有些激动，于是顾不上烫，跟小时候一样急吼吼地要喝。丽婶还要看着她，怕她烫着，仿佛裴欢这些年都白长了，一夜变成吵吵闹闹的小女孩。

她笑着说裴欢："一见这粥就没命了，叫你一声华夫人也不管用，这脾气又回来了，先生也不管管你。"

裴欢烫了手，直捏耳朵，又跟着笑，她是真想这味道，人的味蕾似乎天生能和记忆关联，她喝着丽婶做的热粥，这一时半会儿好像什么愁什么难都化在了碗里。

她跟丽婶说："去年冬天，有天晚上特别冷，我还突然想起栗子粥，跟我大哥说想喝，他让人去做。不做还好，做出来让我喝，我一尝怎么都觉得不对劲，还是丽婶你做得好。他又想让人大半夜把你接过去，那动静就闹大了，吓得我赶紧说随便喝喝，味道都一样。"

其实哪能一样呢，世上花草都没有一样的脉络，何况是人，记忆，声音，味道，甚至是伤口。

裴欢这两年慢慢地明白，人世间至深的感情永远不会成为羁绊，也和回报无关，爱应如呼吸一样，简单到成为活着的本能。

只有怨憎才需要豁出全部力气，毁人伤己。

就像这一碗粥，长大后再去费工夫学着做就没意思了，它可能只属于童年和记忆，放在心里惦记着，喝到了才知道什么是幸福。

裴欢觉得烫了，下意识收起受过伤的右手，她掌心有一条伤疤，是过去留下的贯穿伤，旧日里伤得厉害，如今养了几年，依旧清楚可见。

丽婶想起来了，把她的手拉过去看，叹了口气说："我是上年纪了，这些年都看在眼里，他们都说先生心狠，人人怕他，可他就肯把你捧在心口上，什么都要替你想，给你筹划好。你都长这么大了，他还是不想让你受一点儿风雨，可他也有护不住你的时候。"

裴欢满口栗子香，捧着碗慢慢地喝粥，她心里都明白，说："我知道他能为我做出什么事，所以我才担心。丽婶，你得告诉我那座水晶洞是什么意思。"她拿着勺子有些说不下去，"他的脾气你们都清楚，本来就不容人，为了我和笙笙他什么都干得出来，我想都不敢想，每天劝自己为了女儿不能冲动，可是如果他真出了事，我……"

裴欢知道自己没出息，她从小就这个德行，过不了没有华绍亭的日子，她说着说着蜷起手指，掌心那道伤口提醒着前世今生所有的爱和怨，她看着丽婶说："没了他我一天也活不下去。我把笙笙送走了，如今就我一个人，已经是极限了……丽婶，你再让我等下去，我也要疯了。"

丽婶眼眶红了，有些坐不住了，她找了个借口要去厨房，刚起身又被裴欢拉住，于是只能找话安慰道："先生这么打算是最好的办法，事情隔了太久，都是上一代的纠葛，这事传到先生身上，他想担下来，断在他身上就完了，不要再往下牵连了。"

"丽婶！"裴欢有些急了，她实在没了办法，也控制不住口气和丽婶说，"就算敬兰会有自己的规矩，可你们谁也没有资格瞒我，他是我的家人，是我孩子的父亲！你们觉得我帮不了他，可我起码有知情的权利！"

她越说越激动，急得手下发抖，这一碗丽婶亲手做的粥，多少人求而不得，第一次有人只喝了一半。

裴欢低下头捂住脸，好一会儿才忍住眼泪，她病刚好，又撑了一夜没好好睡觉，好不容易吃点儿东西缓过来，脸色却发白。

她心里有话忍着，谁也不能说，只能独自承担，苦苦熬了这么多天，她低声告诉丽婶道："还有一件事，他手术之后必须定时吃药，离开这么多天肯定断了，再这样下去不行，他会出事的。"

第十章 · 薄情于痴

　　丽婶祖辈是生长在兰坊的老人，到她这一代走的走，散的散，晚辈里的年轻人也有打小就被带出去脱离兰坊的，终究只剩她一人孤老，她过去没有去过暄园，但她知道有那么个地方。

　　她也不清楚那园子究竟在沐城的哪个方向，只在年轻的时候听说老会长在外边有个住处，偶尔去住一段，就是为了躲清静，所以离着不算近。

　　除此之外，丽婶还很清楚地知道华先生有一座水晶洞，那不是名贵的东西，顶多算是过去大宅院里兴起来的风水物件，对于一个沉迷于古董奇珍的人来说，收藏一座材质不算珍贵的白水晶洞实在奇怪。

　　但华绍亭一直都带着它，丽婶告诉裴欢："老会长去世，华先生成为敬兰会的主人，他用了三个月肃清会里的威胁。那会儿正好赶上海棠阁被清理出来，那地方接地气，环境又好，他就选了那座院子住，第一天让人搬东西进去的时候，我就见过那块大石头，水晶那一面看不见，说是都被封上了。"

裴欢也知道，敬兰会的每一任会长都是住在朽院的，只有华绍亭例外，说到底他其实不是陈家人，朽院还有原本的陈家亲属要住，所以裴欢记得，从小她就跟他一起住在海棠阁。

丽婶之所以能记得这东西，肯定因为华绍亭当年是特意派了人从朽院把这座水晶洞请出来，不合情理，所以，这些老一辈的人想起来都有印象。

陈家人的东西还应该由陈家后人接手，他带走算什么？明显又不是什么好东西，甚至他最后离开兰坊出去自己住，也一样不嫌麻烦让人又把这座石雕一样的东西抬出去了。

丽婶看出裴欢一时有点儿想不明白，给她解释道："所以我觉得这一定是会里的东西，因为老会长要留给下任继承人，不是留给陈家人的，华先生才一直都要带着它。"

"那是什么意思？我看见它里边……都是血，谁的血？"

丽婶一时没说话，静静看着她半天，去柜子里翻出一盒烟，她上了岁数身体不好，平常都戒了，只有在想事情的时候才抽一根。

她点了烟，慢慢给裴欢回忆："当年外边那个园子里出了事，水晶洞是凭证，老会长欠了一个女人一条命。"

那这事和他们现在又有什么关系，这么多年了，华绍亭那时候恐怕也刚出生，怎么算也不对。

丽婶摇头说："那个女人死得很利落，这条命是为了给她的孩子要的，我不知道是男孩女孩，后来听说是私生女，不知真假。"她弹了烟灰，看着明灭的烟头半天才继续说："那个孩子按规矩应该平安长大的，但后来老会长食言了，孩子也出了事，于是这条命就欠下了。敬兰会讲规矩，会长一早当着所有人承诺的话，绝不能收回来。你也知道，老会长最后病倒了，人老怕报应，可能就把它传给了下任会长，他给华先生留下嘱咐，兰坊的人，欠下的东西，一定要认。"

这倒是敬兰会一贯的作风，各行其是，但绝不能忘本。

裴欢想着想着有些错愕，突然看向丽婶说："所以你的意思是，有人现在回敬兰会找这座水晶洞，是为了找人偿命？"

"我不确定是什么情况，但水晶洞绝对不是好东西，谁来找它不重要，重要的是这个人既然回来了，明知现在的会长不是华先生，她不去陈家找麻烦，还闯到你们那里，就证明这个人……"

裴欢也明白了，接着丽婶的话说下去："证明这个人过去就和我大哥有关，而且裴熙还被带走了，所以对方还认识她。"

这么多天，丽婶把所有可能性都想了一遍，这一下终于都说出来了，反倒心里轻松不少，她掐灭烟，看着裴欢说："甚至有可能，这个回来找华先生的人，就是我说的那个故事里的私生女，只有她才会这么迫切地想要回来翻旧账，找人来偿这条命。"

要是这样顺着想下去的话……

千头万绪拼在一起，裴欢需要时间好好理清楚，她走到窗边静静地站了一会儿。丽婶开始收拾碗筷，直到一张桌子都清理干净，裴欢突然回头又看着她说："如果老会长当年真有一个私生女留下来了，那我大哥就不是唯一的继承人。"

陈年旧事，一扯出来就没个完。

丽婶一抽烟就勾出瘾来，有点停不住，又去拿了一根点上，点头告诉她："而且华先生前两年都离开兰坊了，为什么不把水晶洞再传给陈屿？"

他和这个私生女，一定还有故事。

这意思多明显，可能连她姐姐都有印象，只有裴欢置身事外，只有她当年是个无忧无虑的幼童。

这么多年她和华绍亭在兰坊休戚与共，偏偏能有人翻出些更早的事。

一场暴雨、古董店里来过的一个古怪女人，竟然能把裴欢圈出那段故事之外。

听起来简直不可思议。

丽婶看了看她的脸色，狠狠吸了一口烟，低声说："这话要真讲出来，都是几代人早该烂在肚子里的事，你和先生现在好不容易有了一个家，笙笙都上学了，说出来让你别扭没意思，所以我也不愿说。"

裴欢笑了，事到如今，她根本没有心情纠结别的事，于是摇头安慰丽婶："我只想把原因弄清楚，找到那个人，或者你们说的那个园子。"

丽婶实在为难，说："这我真的不知道，我也从来没去过，而且二十年都过去了，那地方不知道现在变成什么样了，沐城这边区县变化太大，有可能也不叫过去的名字了。"

这下事情难办了，兰坊里可能还有老一辈的人留下来，但大多数也不知情，知情的人一旦明白深浅，轻易也不会松口，如果她再和丽婶出去抛头露面四处打听，难免又会惹人注意。

这一时半刻，裴欢除了静观其变，做什么都没用。

窗外突然放晴，阳光照进来暖洋洋的很是舒服，她套了一件外衣去院子里坐着，正对丽婶院子的大门，脚底下胡乱踢着碎石头。

丽婶收拾完东西，在屋里正好看见她的样子，冲外喊了一句，逗她说："你小时候就爱在我这儿赖着，每次先生找不到你，还要亲自来接。"

　　裴欢十二三岁那一阵迷上了看电视，追了两部当时很流行的武侠剧。华绍亭那会儿正是最忙的时候，一开始没怎么管她，后来老人劝他要限制三小姐，说她还小，这么没节制要看坏了眼睛，于是他觉得有道理，破天荒为了这点小事随口说了她两句，裴欢就知道大哥不愿意让她看了。

　　她小姑娘的脾气上来，别扭得很，非要从海棠阁跑出来，偷偷躲到丽婶这里来。

　　后来丽婶也习惯了，正好每天顺带给她做晚饭。

　　那时候的小裴欢吃饱喝足，瘦瘦小小一个人影，也是这样坐在院子里踢石子，等到后院柿子树开始结果的季节，她还要指挥陈屿给她摘柿子，几个小孩闹在一起没完没了，最后总是以姐姐裴熙躲起来大哭，把大人招来才算了事。

　　丽婶永远都记得，有些孩子从小就招人喜欢，就像裴欢，聪明漂亮，偏偏气性大，像只小狮子一样。也正因为她年纪小，这点脾气就成了招人喜欢的特质，那几年兰坊里人人都爱去逗她玩，如今连当年那个小丫头都长这么大了。

　　她也不容易，二十岁就做了母亲，很多事跌跌撞撞经历过来，好歹一路平安，走到今天。

　　可惜这条街上的孩子逃不过命里坎坷，人人皆知三小姐被华先生宠上天，可今时今日一样没有退路。

裴欢起来走了一圈，绕到了葡萄架下，她坐在铺了靠垫的木头椅子上，终于找了个舒服的姿势。

她并不知道丽婶一直在看自己，只是想要冷静一会儿，坐久了，渐渐觉得风里还是有点儿凉，于是拉紧了衣服。

她年纪小的时候总爱盘腿坐，现在人长大了，这椅子却长不大，容不下她那么没规矩的坐法，现在她后背就只能靠在一旁的葡萄架上。

这角度刚好能看清四下，丽婶家里一直没怎么变。她看着看着，忽然心里怅惘，也不知道如今海棠阁怎么样了。

裴欢抱着肩膀出神，想着想着还是想起他。

夏时梦长，秋日昼短，人生四季，唯有时间不可挡。

那时候天色晚了，华绍亭一天忙完空闲下来，总是会亲自找到丽婶这里来接裴欢。

她看完电视剧就在院子里吃葡萄，远远能听见街边上一群人的脚步声，最后到了院外，华绍亭就让人都站在外边等，他自己进来找她。

他也不多往里走，大概只到门边就喊她，裴欢就老老实实地把剩下的水果都吃了，蹦下来往他身边跑。

丽婶也是辛苦，那时候总要随时盯着她，跑快了还要追，生怕她磕了碰了，不好跟华先生交代。

毕竟大了，很快就是上学的孩子了，大概就是从那个时候起，他渐渐不再随便抱她，只伸手拉她回去。

裴欢一直记得一个细节，华绍亭平日里周身十分讲究。尤其这条道上鱼龙混杂，什么怪人都有，他外出必须戴手套，不管对方多大的脸面，在他面前都谈不上交情，他从来不和任何人直接握手。

只有一个例外，他每次来接她的时候，不论何时何地，他总会先摘下手套，握紧她的手再带她走。

有时候她刚从地上捡完掉下来的柿子，连人带东西端着，脏兮兮的还要塞给他看，华绍亭也不介意。后来隋远来了兰坊，天天抱怨华绍亭讲究太多受不了，裴欢还觉得奇怪。

再后来，他纵容她的脾气越发没了边，让她回想起来自己都觉得丢脸。年轻的时候真是打打闹闹什么都干得出来，华绍亭明明对外人原则分明，可是一到了裴欢这里，好像天大的事都能让。

每个人可能都有一段过去要讲，而裴欢的过去，统统都和华绍亭有关。

人人都知道先生对她的好，兰坊风雨如晦，人间锋利，世事伤人，他为她挡下了所有艰难坎坷，薄情于痴，贪小于妄，只有裴欢幸免。

她想着想着只剩苦笑，她过去一直活在他搭建的乌托邦，几乎所有人生美梦都被满足。现在回忆起来，大概上辈子真的拯救了银河系。

所以不管明天还能走到哪一步，她无怨无悔。

裴欢仰头看，葡萄架上的藤蔓一年又一年，又到了发芽的时候，当年那个跑来乘凉的小女孩，除了年轻，一无所有，丝毫不懂世态炎凉。

故事易写，年岁难唱。

那是华绍亭的自负，这条路上根本没有什么好归宿，他乡作故乡，他也要给她一个家。

云散尽了，日光暖暖地打在身上，裴欢手脚暖和起来，整个人终于可以放松下来透口气，看着远处，有些困倦。

丽婶出来在院子里忙前忙后，她一直养着这片葡萄架，四月正是缺水的时候，于是一直忙着浇水。

裴欢想起这葡萄架的事突然笑了，跟丽婶说："我还记得呢，这个东西喝水很厉害。"不像其他花木，随便浇浇就好，有的树养起来还怕水大，但葡萄藤最费水，需要漫灌。

过几天估计还要打条，不然这些家伙能迅速顺着架子漫天胡地乱长一气，如果没人管就吃掉果实全部的养分，时间长了，白养半年，根本不结果。

看着只是一架葡萄藤，简简单单，真养起来也是件磨性子的事，如果没有耐心不愿费工夫，万万养不好。

兰坊家家户户都有些草木，借着百年的老建筑极接地气，成了修身养性最简单的办法。

裴欢随口和婶子闲聊起来，问她这几年身体怎么样。

丽婶最近新染了头发，虽然她早上起来匆忙，还是一丝不乱绾了发髻，还涂了一点棕红色的口红，也是个不肯服老的人。

她一边洗手，一边随意地指指窗边的托盘说："刚查过，说我血压有点高，没什么大事，以防万一，开了药。"

裴欢点头，让她听大夫的话，千万别固执。她说着说着，丽婶突然停下来，心思一动，抬头看向裴欢说："我想到一个办法，也许可以找到华先生去了什么地方。"

先生既然需要定期服药，那这么多天过去，不管他去了哪儿，从药的渠道上下手，也许可以打听到消息。

"他的移植手术虽然成功，但是后续还要定期做抗排异治疗，隋远一直让他吃的是国外的免疫抑制类药物，需要恒温保存，运输也不方便，国内量少。"裴欢告诉丽婶，"我没注意过价格，但估计成本非常高，所以咱们这边能买到的渠道也少。"

"那就有希望，因为它不是随便能在普通医院弄到的，如果我猜得没错，假如外边那座园子里还有人住，那他们肯定会出来买药，我们只需要去查，这两天放出消息要找药的人，大概就清楚了。"

哪怕概率小，试试也好。

裴欢马上坐了起来，她打起精神和丽婶商量好，私下想办法安排人去市里查。

这只是个偶然想起的办法，一时半会儿谁也不知道能不能找到有价值的线索。裴欢只能等，余下来的时间又显得格外漫长，她去帮丽婶给葡萄架打药，大家一忙起来，很快过了中午。

裴欢一般上午都会给笙笙打电话，和孩子说说话，但今天电话一直不通，她开始担心，给隋远留了言，让他空闲下来马上联系，原本心情刚好一点儿，这下又涌起来无数不好的念头。

丽婶想了想隋远的脾气，只觉得她神经过度紧张，安慰她说："这大中午的，没准他们出去吃饭了，他一个大男人带孩子，你也不能指望他时间上有什么规律。"

她想想也觉得自己确实有些神经质，这几天活像只炸毛的猫，有一点风吹草动她都紧张。她每天追着等笙笙的消息，稍微有一点儿状况外的事情，都往不好的方面联想。

正好赶上午饭时间，会长派了人，特意到丽婶的院子来请裴欢。

毕竟陈屿私下知道华夫人回来了，总不能一直不闻不问，于是朽院里今天很热闹，他特意请人做了一桌好菜，希望华夫人一起过去，大家吃顿饭。

过去面上都算一家人，裴欢也只好答应。

那顿饭做得十分丰盛，陈屿是一片好心，还把过去裴欢在海棠阁喜欢吃的菜都打听出来，但裴欢最近心里装着事，自然吃得匆忙，气氛格外沉闷，两个人也只简单地聊了两句。

陈屿在医院那边查不出什么，也正在帮她想办法。

"水晶洞的事大概清楚了。"陈屿饭后送裴欢一路出去，低声跟她说，"是我叔叔留下来的，谁拿到这东西，可以要求敬兰会还一条命。"

裴欢点头，陈屿看她竟然不惊讶，反倒有些奇怪，说："我从小都没见过，也没听说过，应该很早就被华先生收起来了，关系重大。"

他真想帮她，这次下了功夫，动用了家族关系，总算在陈家打听到有这么一样东西。

"是，水晶洞的事我基本也明白了，现在我要一个地方，只有名字，但不知道具体位置，再等几天吧，我也在想办法。"

陈屿毕竟是新任会长，他的立场和行为日日都被人看在眼里，裴欢不能过多让他参与自己的事，否则，华绍亭"过世"的消息就容易出纰漏。

裴欢说着说着和陈屿一路走到了门口，正好外边有人进来，慌慌张张地抱着个小孩子，孩子不停哭闹，一时之间声音大了，门口处很快聚了三两个人过去拦她。

一有外人，裴欢也不愿再多说，很快打住了这个话题。

陈屿抬头看了看，回头叫人吩咐说："别拦她，让她过来吧，是不是茂茂又病了？"

门口的人是徐慧晴，她抱着孩子回到兰坊，堵在陈家的朽院门口好半天不敢进来，结果孩子突然闹起来，惊动了下人。

午后阳光和煦，徐慧晴却只肯顺着墙边走，一路躲着光。

陈屿一看她直叹气，说："我这嫂子啊，大老远跑回来，恐怕又是过不下去，想来要钱的。"

裴欢倒没想过她会有经济上的困难，一时觉得奇怪，问："你哥生前留下了那么多产业，也没人愿意跟他们孤儿寡母去抢，她怎么会过不下去？"

"她过去一直在家里待着，哪懂经营啊，这两年已经让人骗了好多次了，尤其我哥当年惹了华先生，道上知道他家不光彩，现在根本没人帮她。"

陈屿对这嫂子不咸不淡，现在也懒得见她。按过去的经验，徐慧晴见个亲戚一定要没完没了拉着对方哭诉，他也难办，于是只能和裴欢在树后避着，找了个下人过去，带孩子先去看病，再过去交代，说会长准备给他们打一笔钱，方便过日子。

陈屿实在没办法，和裴欢解释："不是我不想帮她，而是光救济她不是长久的办法，她笨手笨脚的，孩子也养不好，外边的事也不懂，日子过得太难了。"

裴欢盯着远处打量，徐慧晴显然已经四处找了一圈，没看见陈屿，于是她不敢四处乱走，只能怯怯地抱紧孩子，一边哄着一边站在回廊里，可怜兮兮地躲着太阳。

朽院过去也算徐慧晴的家，只不过现在她失去了丈夫，被连累驱逐出门，旧地重游，一个女人带着孩子潦倒无依。

果然处处都有辛酸事。

裴欢原本不想和她相见，可她准备要走的时候突然想起来，徐慧晴年轻时算是陈峰的青梅竹马，后来又是陈家的儿媳妇，不知道会不会对当年的事有线索，于是她又改了主意，亲自去见这个嫂子。

对方一见华夫人今天也在兰坊，先是有点吃惊，很快就有些手足无措，隔着还远，她下意识挡住孩子的脸，想要往外退。

裴欢远远喊她，走过去发现她真的特别紧张，于是为了缓解气氛，裴欢先叫了一声："嫂子。"

徐慧晴低头小声说："华夫人别这么叫了，我们是敬兰会的叛徒，先生就因为陈峰干的那些事才发病的……"她浑身发抖，抱着孩子直躲裴欢，"谢谢夫人大度，清明的时候还肯帮我们母子说话，但是我实在不敢再麻烦夫人了。"

裴欢也知道自己如今和她说话，难免让人觉得奇怪，毕竟华绍亭是因为陈峰闹出来的内斗才旧病复发，她也就只能长话短说，先让人去找大夫，把孩子带走照看，徐慧晴这才松了一口气，总算放了心。

裴欢陪她坐了一会儿，看她情绪缓和之后，把她拉到僻静地方，私下跟她说："这次是需要你帮我一件事。"

徐慧晴向四处看看，这地方没有下人盯着，陈屿很知趣地让人都走开了，她总算自在一点，把头发外衣都整理好了，小心翼翼地打量裴欢，生怕惹这位华夫人生气。

裴欢问她："你听说过暄园吗？过去陈家有人提起过吗？"

徐慧晴一脸茫然，使劲帮她想，想了半天还是只能摇头，说："暄园？我不知道，陈峰也没跟我交代过。"她看见裴欢一瞬间有些失望，于是十分懊恼，拍拍脑袋有点尴尬地说："我……我真的想不起来了，陈峰留给我们几家店、酒吧，还有一些卖木头什么的，但是我记得……没有叫这个名字的。"

她显然想岔了，以为裴欢要问陈峰留下的产业，于是闹得裴欢哭笑不得，也只能安慰她不是这个意思。

徐慧晴看她和上次清明时见到的一样，双眼一直肿着，说两句话就看向别处，显得精神格外涣散，仿佛整个人已经彻底被生活拖垮。

这场面实在让人难受。

裴欢已经不忍心再逼问她，最后只低声告诉她，会长承诺给她一笔钱，徐慧晴眼睛都亮了，好像瞬间又有了力气，突然又要追着去看她的儿子。

她急匆匆地往外走，走着走着又回头看裴欢，觉得有点不太礼貌，这才讪讪地问："我记得华夫人还有一个女儿是吧，她还好吗？身体没事了吧。"

裴欢笑了笑，礼貌地和她点头说："孩子年纪小，治疗及时，现在没问题了。"

远处的徐慧晴又有些不好意思，她低头看着自己从冬天穿到现在的绒线裤，早就起了球，一时脸色格外窘迫，只好随口找些话来聊："夫人这次回来还住在海棠阁吗？"

裴欢摇头，示意徐慧晴出去不要说她又回兰坊的事，对方赶紧答应下来，又狼狈地按压着自己的衣角，想了又想才下定决心问出口，话到嘴边声音又低了，只喃喃地说："你……你不恨我们？"

裴欢走到她身边，心平气和地告诉她："当年一切都是敬兰会里的冲突，我不想抱着仇恨过日子。陈峰犯错已经付出代价了，再算到你们母子头上没有意义，换不回我大哥，除了逼我自己想不开之外毫无用处。"她说得很理智，尽可能让徐慧晴能理解她的心情，"但我永远不会原谅当年那件事，就算只剩我自己活下来，我也一定要过得好。你也一样，既然都离开兰坊了，就别总是躲在过去的阴影里，你要为茂茂想一想，他如今靠你一个人照顾，你必须坚强起来。"

生活就是这样，昨日风光，永远猜不到今日落魄，市井冷眼已经足够伤人，裴欢不做无谓的施舍，但也不会落井下石。

她和徐慧晴告别，又去和会长打了招呼。临走的时候，徐慧晴也出去了，正好坐在门房旁边等孩子。

那副丢了魂的样子突然让裴欢有些怕。

徐慧晴真不会看人脸色，她仿佛把话说开了，心里一直压着的大石落了地，于是没那么躲着裴欢了，还傻傻地笑着和她说："那棵海棠树还在呢，我路过的时候看见它了。"

是啊，他们这些孩子，一起长大，一起玩闹，最后还要拼个你死我活，在这条街上死的死，散的散，还真是只有那棵树，季季如日。

徐慧晴指了指远处，正好是那棵树的方向。她一双眼睛灰蒙蒙的没了光，但凭空透出一股羡慕，她轻声说："我们都记得啊，先生为了你，什么都愿意。"

第十一章 · 客随主便

　　午后，裴欢没有直接去找丽婶，换了衣服，又匆匆出来了。

　　她其实没打算去海棠阁，但这一顿午饭下来，勾起她无限回忆，她反倒有点想念那座院子了。

　　正好赶上中午吃饭的时间，街上人少，裴欢准备避开人偷偷回去，于是换上一件长风衣，压低帽子，避开其他人独自回到了海棠阁。

　　白天的兰坊又变成了一条普通的长街，历史悠久，古建筑多，看上去平静无害。很多外来的车辆路过通行，街上还有行人来往，实在看不出什么古怪。

　　她离开两年，偶尔回兰坊也没顾上来看，今天下午有时间，突然有些怀念。

　　海棠阁，顾名思义，院子正中有一棵长了多年的海棠树。这地方采光极好，正好让它得了势，枝叶远比其他同类庞大。

裴欢的青春年少，大半时间都是在这棵树下度过的。只要阳光好的日子，她就来树底下啃水果，玩耍，逗猫，后来隋远进来，她又每天坐在树下和隋远吵架打闹。

后来她上学那些年，正是最流行拍照的时候，华绍亭给她留下了好几本相册，她从小到大都被妥善记录，一一珍藏。

如今，裴欢离开海棠阁几年再回来，这才真切地觉得他们少了一张合影。

华绍亭的身份特殊，从来不留任何影像资料，如今看一看，只觉得有点儿遗憾。

这应该是他们两个人不可或缺的前半生，可惜照片里只有她。

正门前边已经上了锁，但自然难不倒裴欢，她知道一条小路，于是偷偷绕道，进了后边的林子里，又从树林拐进院子。

陈家人虽然忌讳华先生的存在，但到如今，数数剩下的这些后人里，一个一个倒也还算有良心，尤其是会长陈屿，他应该尽心吩咐过，定期安排下人回来打扫修缮。

裴欢看见海棠阁里四下干净，草木也都熬到了春天，又到了露头角的时候，这下她心情总算好了一点儿。

她顺着长廊向华绍亭过去住的屋子走，刚到了拐角的地方，忽然听见远处有些响动。

有人似乎在按门上的密码。

裴欢马上停下脚步，估计正好撞见有下人要进去打扫。她不想让兰坊其他的人看见自己回来了，犹豫了一下，准备转身走，突然又听见那边廊下的动静也停住了。

毕竟这院子早没人住，她一路走过来没提防会有外人，估计对方也听见了这边有脚步声。

裴欢仔细听着屋门的动静，那扇门的响动她从小到大最清楚了，这么半天过去，门并没有被打开，也就是说按密码的人其实不知道怎么进去，那就不是原本应该来这里的下人。

对方向她所在的方向走过来，裴欢警惕地站在原地没有动。

那人很快顺着路走到了拐角，人还没过来，倒先看见了她随着动作荡起来的裙角，冗长繁复。

只不过十几秒的工夫，裴欢想了无数种可能，没想到事情还是出乎意料。

"你是……"她愣住了，直到对方走到自己面前，她突然觉得此前无数细枝末节突然都被眼前这个女人串起来，她一时反应不过来，本能地问道，"你怎么进来的？"

闯进海棠阁的人，竟然是那位去过古董店的奇怪女人。

对方似乎总是穿着厚重的长裙，在今天这样的艳阳之下，她依旧从头到脚包裹住自己，几乎看不清脸。

只不过这次对方很有礼貌，主动摘下了墨镜。

裴欢终于看清了她的样子，素着一张脸，普普通通再没有什么特别的特征，但就是这样一张平庸的脸，她却怎么想怎么觉得非常熟悉，一时有点儿恍惚。

她不太确定这人是不是本身就住在兰坊，也不知道眼熟是不是因为过去彼此总有过一面之缘，她没有时间仔细回忆，只首先记起来，医院里那些人描述的话，终于把所有的特征都确定地联系起来。

她和对方保持距离，开口问她："你去过医院，裴熙是你带走的？她现在在哪儿？"

她一连问了几个问题，但那个奇怪的女人只是站在拐角处，定定地盯着她看。

对方的脸色非常不好，像平白无故躺了几十年，透着一股不健康的灰，她明显已经不再年轻，却又没有历经岁月的痕迹，没有时光自然而然带来的平和态度。

裴欢想起来了，上一次在古董店相见，自己也有这种感觉，这个女人就像一块被人摔碎的瓷片，眼下她突兀地出现在这座院子里，又突兀地站在裴欢面前，整个人除了怪异，还透着一股尖锐的敌意。

　　裴欢觉出气氛不对，就不再莽撞地逼问，给自己留了分寸。

　　此时此刻她虽然在最熟悉的海棠阁，但今时不同往昔，这地方现在是一座没人住的空院子，不会有人随时过来查看，她贸然在这里逞强毫无用处。

　　她突然想起华绍亭的一句话："要有耐心，借势而为。"

　　想来可笑，这话还真就是在这窗下说的。

　　过去那些年，华绍亭明知陈峰有私心，也知道十几年陈家都在背地里不老实，但他从来没特意使什么手段，最后连裴欢都看出来了，跑去问他有没有什么打算，华绍亭却好像一点儿都不担心。

　　凡事提前打算是一方面，能耐住性子找到时机也很关键。

　　裴欢开始佩服自己竟然在这种时候还能出神，对面的女人突然开了口，打断了她全部思绪，对方问她："韩媷，想起来了吗？"

　　这名字有点儿奇怪，裴欢没什么特殊印象，又仔仔细细看她这张脸，眼熟只是某种感觉，如果她真的认识，应该也早就想起来了。

　　这女人的声音非常特别，低哑干涩，只说几个字，都听得人难受。

　　这么显著的特征也应该被人迅速记住，但裴欢确定自己除了上一次在古董店见过她，再没见过这么说话的人。

　　对方仿佛也知道这个问题，所以话都简单，眼看裴欢没再接话，她忽然走了过来。

韩婼一直背着双手，裴欢发现她盯着自己的目光竟然泛起笑，隐隐有种不好的预感。

碎了的瓷片终究也能割人。

裴欢越发觉得不对劲，突然反应过来，猛地向后退，眼下的形势显然对她不利，她并没有公开回兰坊，不该贸然地四处乱走。

海棠阁虽然院门上锁，但目的简单，只防君子不防小人。如今这里只是几排空屋，不会有闲人进来，四下闭门，纯粹是兰坊的后辈为了表达对原主人的敬重；真有人动心思要进来也不难，四处绕一圈，大致也能摸到后边的林子，找条小路顺着长廊拐进来。

裴欢脑子里飞快地闪过海棠阁的格局，想办法能从这里脱身。

她一路向后走，身侧就是过去华绍亭过去要见外人的书房，门窗都还保留了老建筑本身的样式，还没等她想好办法，后边的女人突然追了过来，伸手想要拉住她。

两个人几乎撞在了一处，裴欢一腿踢过去回身迅速甩开她，两个人刚好冲到了书房之前，裴欢整个人抵在背后的门板之上，和对方近在咫尺。

韩婼皱眉，下意识避开半边身体，似乎腰边有旧伤。

裴欢看出来了，韩婼明显也没受过什么特殊的训练，而且身体状况古怪，真要和自己扭打起来对方未必有优势，她刚想松一口气，没想到对面的女人不再遮掩，忽然反手拿了枪。

韩婼繁复的裙摆除了遮丑，原来还有些别的用处，一个黑洞洞的枪口，径直对准裴欢。

裴欢稳住对方，示意自己不会乱动。

两个人的距离越发近了，韩婼看着她不再遮掩，细细地打量面前这张脸。

以前她真没想过，当年裴欢只不过就是个疯丫头，跑来跑去，说话还不清楚呢，如今竟然成了敬兰会的华夫人。

韩婼有些控制不住，盯着裴欢的目光忽然发了狠，自说自话地念着："我以为他在女人的事上……不会想不开。"

兰坊，一条臭名昭著的街，这条街上的生活到底有多庸俗无聊，才能把他那种男人的心肠都磨软了。

所以她想来看看。

裴欢逼着自己保持冷静，她并不想和韩婼过多纠缠，她看出对方还有顾忌，于是稳住呼吸，提醒韩婼现在的情况："只要动了枪，你也走不出去。"

韩婼不在意这个问题，冷冰冰又开了口，声音依旧晦涩，她问道："告诉我，进房间的密码是什么？"

　　裴欢没有回答，双手压在身后。

　　对方似乎对这件事感到格外不解，又继续说："你跟他过了这么多年，我试了所有和你有关的数字，都没成功。"

　　"你带走我姐姐，闯到店里又找到海棠阁，这么大费周章，就为了要进房间的密码？"裴欢只觉得这事可笑，她横下心说，"告诉你也无所谓，反正屋子里所有的东西都不在了，你进去也没有你要的水晶洞。"

　　她打量韩婼的脸色，伸手慢慢按下对方手里的枪，那女人听见她说起水晶洞微微变色，又等着她的答案，情绪总算平复很多。

　　她告诉她："很简单，只是一个门锁而已，我大哥只是随便定了个数，和谁都没有关系，0921。"

　　裴欢说出来都没有什么情绪，反倒是对面的韩婼听了这串数浑身一震，突然死死盯着裴欢，冲口而出："你再说一遍！"

　　裴欢看出对方莫名失神，她趁着这一瞬间，抬手向背后用力一推，书房的门果然没上锁。当时她搬走的时候，为了帮华绍亭把那些尺寸超标的木头架子挪出去，只能让人拆了半边门，后来房间既然都空了，下人应该也不会再费事，只会简单把门板修缮恢复。

　　她赌这里不会再特意上锁。

　　果然。

　　前后不过一两秒，她几乎瞬间撞了进去，韩婼突然反应过来，可对面的人已经将门关上了。

裴欢在门里听见外边上膛的声音，一颗心几乎跳出来，她拼命冲向一旁避开，眼看就要来不及，死死闭上了眼睛，却迟迟没听见任何动静。

她靠着墙壁勉强喘过一口气，透过门上的缝隙向外看，韩婼身后竟然又来了人。

韩婼没料到会在这里撞见裴欢，但遇见就遇见了，她正好一起做个了结，只不过她也没想到这院子里还有其他人守着。

突如其来从树后冲出来一个男人，对方看着年轻却有张玩世不恭的脸，同样举枪对准了韩婼的脑后，逼得她只能停手。

裴欢借势重新推开门，那男人一看她出来了，立刻把枪放下，忽然又退出去了。他从头到尾一言不发，迅速隐入林子里。

裴欢没见过对方，也不知道这里为什么还会有下人守着，但不管是谁的人，眼看目前形势对她有利，她也就是顺势而为，面上不动声色，只当作是兰坊来了人。

这一下韩婼没了任何优势，她当着裴欢的面扔了枪，忽然又扯起嘴角笑，看着她说："咱们来打个赌，赌我什么威胁都不用，你今天一定会乖乖听话。"

裴欢不想再和她绕弯子，直截了当地说："我不认识你，也不知道你闯进这里干什么，刚才的事先不算，如果你把裴熙送回来，我可以保证你今天安全走出兰坊。"

韩婼显然对能否离开并不着急，她站在一旁四处看了看，过了一会儿才说："有你在，我想出去很容易。"她回头扫了一眼裴欢，"如果你还想见华绍亭，不要通知任何人，你今天一个人和我走。"

裴欢自然不会上当，问："你到底是谁？"她说着说着忽然顿住了，毕竟这么多年……没人敢对华绍亭直呼其名。

韩婼顺着拐过来的路往回走，一边走一边嘲讽地说："他骗你这数字是随便编的？"

她很快已经回到门边，按裴欢所说的把几个数字输进去，门真的开了。

裴欢以为她会进去找她要的那座水晶洞，但对方什么也没做。

韩婼仿佛只是为了验证这串数字，门如愿开了，她的表情却显得格外黯然。她一个人在门边静静站了很久，对着幽暗僻静的空房间，终究什么也没做。

裴欢想起丽婶说过的那些话，这个突如其来的女人是华绍亭的故人。

她还费尽心思想让会长帮忙找到这个女人，结果没想到直接就在海棠阁看见了这个人。

所有的一切渐渐凑起来，雨夜水晶洞，被带走的姐姐，消失的华绍亭，好像兰坊里每个人都能说出一个故事，只有裴欢什么也不清楚。

她好不容易安安稳稳过了两年，再次被逼回兰坊，又有人站在这里，拿着二十年前的往事相要挟，恨不得颠覆她所有已知的过往。

这要是场梦，可能还会真一些。

世事终究漫长，年轻的人都早已长大了，丢掉的故事早晚还要捡回来。

假如裴欢还是当年这里的三小姐，少不更事，也许她还会轻易崩溃，流下两滴辛酸泪，可惜眼下她走到如今，唯一擅长的事就是不管什么情况都绝不回头，她根本没时间为了那些来时路而惋惜。

她除了觉得荒唐之外，什么心情也没有，想着想着还真笑出声了。

她禁不住问韩婼："这数字和你有关，你的生日？你来这里费了这么半天劲，就为了试一串数吗？"她靠着墙角摇头说，"行了，我大哥不会干这么无聊的事。"

韩婼由着她笑，把那扇门又重新锁上了，她不喜欢海棠阁，这地方不同于她的暄园，这院子里的一切都收拾得太好，也太符合华绍亭的习惯，连这棵树看久了都透着一股冷清的压迫感。

原本以为他什么都不在乎，偏偏他又在这里有了一个在乎的人。

　　暄园和海棠阁，两座院子，两段往事，说尽了岁月变迁，可谁是真，谁又是假，她从来没看透。

　　韩婼看了一眼裴欢，对方从始至终一副主人姿态，实在让她觉得可笑。

　　她想着裴欢刚才的话，原来这小姑娘还真当自己和华绍亭是一家人，一个从小被刻意圈养起来的人，果然痴心妄想。

　　"你还叫他大哥……"韩婼笑得声音尖锐，"华绍亭这种人会闲得发慌，拿出多余的善心随便照顾别人吗？他最讨厌小孩，尤其你们这条街上应该不缺孤儿寡母吧，非亲非故，他当年故意把你们姐妹俩留下来，你想过原因吗？"

　　裴欢把心一横，既然韩婼都找上门了，她也奉陪到底，于是她态度坦然，双手一撑，坐在一侧低矮的窗沿上，拍拍手上的土，收拾干净了才和她说："咱们先把主客分清了，海棠阁是我的地方，你既然闯进来，那就客随主便，你应该先回答我的问题。如果你就是暄园里的那个人，你消失这么多年去哪儿了？水晶洞一直都在，你二十年不来追债，为什么要等到现在……还有，你身上是怎么回事？"

　　对方穿衣打扮这么别扭，肯定是为了掩盖什么，而且裴欢几次见她，韩婼都是从头到脚一寸皮肤不露，彼此都是女人，打量两眼就知道对方身上肯定藏着古怪。

这话一出，韩姥对她倒有些刮目相看，看起来华绍亭没白费心血，裴欢可真不是当年那个傻姑娘了，起码到现在为止，明知危险，却一点儿也不肯示弱。

韩姥退后两步，离开房间门口，就站在门边的柱子之下。

她远远对着裴欢说："你不明白，华绍亭的本事只有一样，就是他非常善于控制别人，无论什么怪物都能收服，何况是你？他把你放在身边，从小养到大，想给你洗脑实在太容易了。"

推己及人，今天韩姥看到裴欢这样的态度，更加肯定了这一点，说："你肯定知道斯德哥尔摩综合征，人是可以被驯养的。"韩姥指了指墙上的密码锁，告诉她："那不是生日，那是二十年前，他想撞死我的日子。"

裴欢一直沉默，突然被她这样的口气说得打了个寒战。

她承认她想弄清楚过去的事，但她必须时时刻刻警惕，不能相信这个女人的话。

韩姥根本没打算久留，她今天不是来叙旧的，陈年往事虽然多，但她唯独不想和裴欢讲。于是她说完就向外走，两个人错身而过的时候，她忽然又看向裴欢。

韩姥竟然露出了悲悯的目光，她的声音过于低哑，直惹得裴欢坐在窗沿上挺直了背，微微握紧了手。

她说："相比裴熙，其实你病得更严重。"

第十二章 · 生死两忘

一个下午过去，裴欢一直没有回去找丽婶。

丽婶在院子里忙活了一天，觉得有点儿累，泡了茶在院子里等她。后来夕阳西下，日光没了，风里还是有点儿凉，她又坐回屋里等，眼看过了六点，裴欢还是没回来。

她心里有点儿着急，想联系会长问问情况，突然有人在外边敲门。

如果是裴欢回来了，肯定不会这么客气，这种动静，来的一定是外人。

丽婶很谨慎地过去开门，门外来的是个年轻的男人，长了一张讨喜的娃娃脸，虽然刻意板着脸，装一副神色冷峻的模样，到底还是眼睛透着笑。

丽婶毕竟是街上的老人了，她靠在门边打量了两眼，就看得出这年轻人举手投足应该不是敬兰会的人，她以往从没见过。

丽婶心里转过很多念头，一直盯着对方没说话，这年轻人倒也不客气，直接开口告诉她："你要等的人去了海棠阁，后来她出来上了一个女人的车，这会儿应该已经出城了，不用再等了。"

"你是谁？你怎么知道？"

那年轻人来这里仿佛只为了传话，再也没透露任何信息，说完很快就走了。他身手利落地上了车，眼看着是往离开兰坊的方向去了。

丽婶马上联系会长，陈屿这两天为了军方的干预忙得焦头烂额，显然也不知道丽婶说的人是什么来历，他没有派人去接裴欢走，也没有让任何不认识的下人去海棠阁守着。

那座院子空了两年，监控都没有再开，这一下午到底发生了什么，根本没人清楚。

那天最终还是韩婼赢了。

她说得对，不需要任何威胁，裴欢最后自己乖乖跟她走，上了她的车。

韩婼一路开回兴安镇，走了好几个小时的路，直到天都黑了，才终于转下高速。

裴欢发现这地方实在偏僻，她回头远望沐城，灯火遥远，早已经看不清城市的轮廓。

路旁渐渐只剩下荒芜的林地，顺着小路七拐八拐，才到了镇上。

一路上两个人都没说话，等到了兴安镇，裴欢才问她："你来回跑这么远，就为了看一眼海棠阁？"

韩婼冷笑，看了她一眼说："你不也是？明知道今天跟我走有危险，还为了我一句话非要来找他们，如果现在我告诉你华绍亭和裴熙没在这里，你打算怎么办？"

裴欢对这一点儿完全不担心，说："你不明白家人的重要，我是为了他，为了我姐姐，你是为了谁？"

韩婼觉得这话可笑，事到如今，她一无所有，竟然有人问她为了谁，年轻的时候每个人都说为了她，母亲为了她，老会长为了她，华绍亭都说为了她，后来呢……

只有她冷冰冰地躺了二十年，毁她一生的人却全都得偿所愿。

韩婼把裴欢带回了暗园，她停好车，顺着那条小路往园子里走，一边走一边回头扫了身后的人一眼，说："也好，你们一家人倒是都凑齐了。"

裴欢小心翼翼四下打量，暗园的外围几乎没通电，黑漆漆的只剩下枯枝树影，也不知道这地方多久没人管过，显得乱七八糟格外萧条。

韩婼轻车熟路走得快，裴欢只好跟上她，拿出手机照着路才感觉好一点儿，却越走越觉得不对劲。

裴欢突然盯着长廊尽头，不由自主说了一句："我记得这里！"

韩婼在前边停下来，但没回头，只和她说："我去找你的时候就说过，我见过你，在你还很小的时候。"

裴欢盯着拐角处一片残破的墙砖，她用手机照过去，瞬间有点恍惚。

她很快又转过身四下查看，虽然记忆模糊，但这园子的走向，还有拐角特殊的暗青色砖块，让她一看到就像突然触发了奇妙的开关，牵扯出一段离谱梦境。

好像每个人的小时候都有一段偶然留下的记忆，像是一座永远下不完的楼梯，或是某个顶楼上无数敞开的窗户……在记事之前，某些画面会突然印刻在脑海里，岁月难改。

她一直以为那是自己不知道什么时候做过的梦，因为格外清楚，还夹杂着一些年幼时支离破碎的片段，渐渐被记忆篡改，扭曲成很多荒诞可笑的画面。

小孩子的困惑找不到凭证，说出去总是被大人笑话，于是这些画面统统变成每个人心里关于幼年的谜。

裴欢也有这样的困惑，她记得自己特别小的时候，甚至还没有桌子高的时候，经常在一片青色的墙砖下玩，好像还养过一只小猫，也可能只是院子里散养的……因为年纪太小，所以那时候她老觉得世界特别大，那片砖也过于漫长，遍布青苔灰尘。

那时候她追着猫跑，一块一块数过去，总是数不对。

那片砖不是院墙原本有的，因为地下的树把墙面拱松动了，后来有人为了遮掩，才重新贴上了一片。那砖在光线下看是透着釉色的青，一到傍晚天色暗了，就渗出一种类似水果糖似的蓝颜色，突兀地衬着一片灰暗的院墙，格外显眼，惹得小孩子印象深刻。

后来裴欢渐渐长大了，她已经住在兰坊里了，跑去挨个院子地找，却再也没找到。

她不信邪，那会儿总是向别人问起这片墙砖，都得到了否定的答案，她还拉着裴熙去认，可她姐姐却总是不承认一起见过，总说是裴欢记错了。

后来她实在找不到，也就真的以为是自己小时候做过的梦，迷糊之间当了真。

但是今天她冒险跟着韩姹离开沐城，到了这座暗园里，竟然真的找到了这片青砖。

一个做过的梦突然被证明是真的，这种感觉实在太骇人。

　　一时之间，这座传说中的暄园寂静幽邃，灯光明明灭灭，可是裴欢手指之下那片墙砖却无比真实，那冰冷的触感逼得她猛然之间出了一身冷汗，只能追上韩婼问："我是不是在这里住过？"

　　韩婼不出声，一路往里走，终于到了有灯光的地方，才回答她："你和裴熙，那会儿被兰坊的人送到这里，在东边的房子住过一段，你太小了，只有你姐姐记得我。"

　　"那你……"裴欢错愕，她四处看，几乎停不下来，一时不知道该如何形容这种感觉，本能地想问些什么，却又统统说不下去。

　　她知道这里一定藏着关键的往事，但又像烂在肚子里的疤，绝不能轻易揭开，以至于整个敬兰会无人知晓，以至于从她亲姐姐口中都问不出只言片语。

　　裴熙应该是记得清清楚楚的，她在彻底重病之前一直意识清楚，可她从小到大都没对裴欢透露过任何信息，足以证明这座暄园的过往牵扯太深。

　　韩婼出了长廊走到院子里，池塘里干枯的枝叶这两天被人扫干净了，于是空荡荡的一眼就能看穿池底，她不避让，拖着裙子直接从池塘里走过。

　　几个下人很快迎过来，询问韩婼要不要对裴欢搜身，韩婼倒无所谓，好心地回头提醒道："你也不用再想着向会长那边求助了，就算你能通知兰坊，他们找到这里最快也要一天，我有的是办法先让你们遭点罪。"

裴欢默不作声，自己扔了手机，坦然无惧证明给她看。

韩姥很欣赏地点点头，什么都没再说。

裴欢看着那方池塘，已经震惊得说不出话，灯光暗淡，但终究照醒了梦中人。

她又想起丽婶说的那段往事，这里就是她要找的暗园，而韩姥应该就是老会长藏起来的后人。

这个古怪的女人是当年唯一可以凭借血缘继承敬兰会的陈家人，但她最终没能得到这个姓氏，也没有在兰坊里留下任何痕迹，她无声无息地凭空消失，而后大家只认华绍亭为主。

裴欢越想越心惊，不由自主有些紧张，她慢慢跟着走过去，勉强平复了一下，问道："二十年前到底发生了什么？"

韩姥看出她的心思，什么都懒得再说，她往旁边让了让，指着远处破败的假山，说："你自己去问吧。"

裴欢顺着她指的方向看过去，这才看清假山后边露出了一方石桌。那地方恐怕本来有座亭子，过去应该是修在整座庭院里的，为了给人休息用，如今亭子倒了，人也少了，只剩一副桌椅还在。

昏暗无边的夜，还有人坐在残亭之中。

今夜四下平静，裴熙吃过晚饭之后，就一个人摸索着走出来，一直坐在院子里。

她的头发梳了起来，肩上盖着一层厚厚的披肩，由她自己伸手压着，她就这么一个人坐在石桌旁发愣，也不知道在想什么。

晚上裴熙的情绪稍微缓和一点儿，看守她的下人可以稍微松懈休息一会儿，也就由着她出来在院子里走一走。

裴欢跑过来找她，看见姐姐周身收拾干净，像是有人照顾的样子，总算松了一口气。

她慢慢地走过来，不敢刺激裴熙，好半天才在她对面坐下，伸手过去，握住了姐姐的手。

裴熙好像没反应过来，只是不由自主攥紧了裴欢的指尖，她一双眼睛突兀地盯着对面的人打量，眼神空洞，没有任何表情。

夜里有风，院子四下寥落，枯枝残叶发出一阵轻微的声响，似乎终于惊醒了裴熙。她突然认出来面前的人是谁，喊了一句："裴裴。"

裴欢忍不住起身抱住她，蹲在她身侧。

裴熙认出妹妹，反复摸着她的脸，一句接一句地叫她，又问她："你怎么来了？"

裴欢摇头，说："你一直记得这里，是不是？你为什么不承认，我过去问过你，你为什么不和我说实话？"

裴熙不知道出来坐了多久，整个人披着披肩也浑身发冷，但她自己好像一点儿也感觉不到似的，忽然想起什么，看着裴欢，慌张地推她说："你回去，不要来这里。"

"我来接你一起走，我们回家。"裴欢看见她这副愣愣的样子心里难过，替她把衣服都拉好，试图扶她起来，"大哥在不在这里？他说要来接你的，你看见他了吗？"

裴熙听见裴欢提起华绍亭，脸色一下变了。她突然死死地揪住妹妹，四下看了看，急促地低声说着："你快走，离他远一点儿！"

裴欢有点儿奇怪，以为她又开始激动，于是轻声哄着，也不急着要走，先试图让她放心："好了，你别怕，不管发生什么事都过去了。"

裴熙拼命摇头，神色紧张，仿佛知道了什么天大的秘密。她皱眉，认真地一字一顿跟她说："姥姐回来了！"她一边推裴欢，一边反复说，"你赶紧走，你什么都不知道，不要牵连你，不要和他在一起了，没有好结果！"

这话倒是熟悉。那时候，裴欢刚知道自己怀孕，一告诉裴熙，裴熙就像受到刺激一样，拼命让她放弃孩子。

裴欢不敢再逼她，放开她，让两个人都先坐下，又哄着逗着和她说："好，我一会儿就走，你别激动。"

裴熙缩起肩膀，整个人脸色惨白，四下光线又暗，于是这一方夜色里只剩她一双眼，幽幽地四处探看，她忽然发现韩婼就站在不远处的长廊里，一时又怔住了。

　　她终究是个病人，清醒过来的脑子也有些混乱，她想事情总是很慢，用了很久才找回一点儿力气，又冲韩婼低声喊了一句："裴裴不记得的，你别逼她。"

　　裴欢仔细观察姐姐的神色，她竟然真的对韩婼不太抗拒，她看向韩婼的表情极其自然，似乎是个早就认识的故人，难怪当时在医院，韩婼毫不费力就能把裴熙推走。

　　裴欢实在忍不住，拉住裴熙的手让她看向自己，又问她："过去到底发生过什么事？为什么大哥不肯说，你也不肯说。"

　　韩婼站在远处，一直没什么表情，也不来打断她们的话，她只是冷眼旁观这出姐妹相认的好戏。

　　清醒的发了疯，疯了的以为自己是幸存者。

　　每个人总把生活解释成自己所希望的样子，自欺欺人是人类无往而不胜的本能。

　　裴熙被问得有些恍惚，放空地盯着地上，不知道又把韩婼那道人影看成了谁，一下想起些什么，突然大惊失色地站起来，拼命抓着披肩不断往后退，不停说着："我不知道！我什么都不知道，为了裴裴……大哥说不能告诉裴裴……我不知道！"

　　裴熙声音越发大了，裴欢赶紧抓住她。裴熙发了狂，大声尖叫起来："我什么都不知道！你放过裴裴，我就这么一个妹妹……她还小，什么都不记得的！你不能这么对她，婼姐已经死了，她死了！"

韩姥叹了口气，四下人影都被这惨叫声惊动了，只有韩姥仿佛早早习惯，站在远处一动不动。

裴熙不断发出刺耳的叫声，裴欢只能拼命试图安慰她。

暄园里的下人渐渐都凑过来，一时之间人影憧憧。

这园子里的孤魂野鬼睡了二十年，今夜却被几句话全都挑起来，一道一道看不清的眉目，藏在暗处跃跃欲试。

西边的长廊处也有了动静。

她们这边闹起来的声响太大，不知道又惊动了谁，有人跑过来，慌慌张张地顺着灯光四处看。

裴欢只顾着拉住裴熙，等她好不容易让姐姐坐回去，一回身，几乎不敢相信自己的眼睛。

循声而来的人竟然是隋远。

裴欢脑子里一下乱了，一股火冲上来，明明她当天安排隋远把笙笙接走了，他现在在这里……难道又出了事？如果他被带来暄园，那笙笙岂不是也有危险。

隋远也怔住了，他原本是听见动静不对才过来的，突然看见裴欢出现在暄园，他们两个人四目相对，都有些诧异。

韩姥看了他一眼，不紧不慢地问："怎么样了，华绍亭还活着吗？"

　　隋远这才想起自己还有话要说，急着提醒她："我不管你是从哪儿蹦出来的，你们这群人有什么狗屁恩怨都跟我无关，你既然请我回来，证明你不想他死，那你马上让人去买药，沐城只有一家医院可能有，现在赶紧去还来得及。"

　　韩婼被他说得笑了，仿佛听见了什么天大的玩笑。

　　她拖着身上的长裙子，慢慢走到院子里，看看裴欢又看看隋远，最终绕到了裴熙身边。

　　那可怜的女人已经发了病，被人按住了，抱着胳膊瑟缩成一团。

　　韩婼抚着裴熙苍白如纸的一张脸，似乎对自己策划的这出戏分外得意，笑着说："真是不容易，今晚你们这些人都聚齐了。"

　　如今所有人都在韩婼的地盘上，裴欢自知此时此刻惹怒韩婼没好处，她忍下激烈的情绪，开口问她："你想干什么？"

　　韩婼还在低声笑，她的声音在夜色里越发可怕，越听越能感觉到她的嗓子一定受过伤，压着鼻音，像是剥落的木头刺，干哑又晦涩，扎得人心里难受。

　　"本来敬兰会欠我一条命，我是打算让华夫人替我算算这笔账的，但是今天我去了海棠阁，突然改主意了。"她慢慢地按着裴熙的肩膀，直到手下的人捂着脸啜泣起来，她才说话，"你们几个都是华绍亭格外在意的人，因为你们，他才活着，如今你们也该好好陪他死。"

她说完暗暗发了狠，冷下目光叫来几个人，直接把裴熙拉开，一路送回屋里。

豺狼虎豹活该吃人，谈不上和它们讲良心。韩婼过去痴心妄想，被华绍亭这条没心的毒蛇啃个干净，是她自己活该。

她因为心里那点儿仅存的不甘，非要亲眼验证华绍亭后来这二十年的生活，她去看他住的地方，看他爱的人，又去挨个找他应该记住的那些事。如果他丝毫不挂心，那她过去的意义就只是个活该为他而死的人，那这恨也简单一些，简单到今时今日，她还能干脆给他个痛快。

但她发现华绍亭日日夜夜都记着她死的那一天，他把最常用的门锁都换上那些数字，他果然心硬，不管这条路有多污秽肮脏，他都能二十年念念不忘，一直提醒自己记得来时路。

海棠阁里的样子让韩婼腾起一种说不出的感觉，她看着那些依旧茂盛的树木、空旷的院落，她知道自己不光是恨，更多的是嫉妒。

她嫉妒这些年华绍亭过得太好，嫉妒他得到了想要的一切，嫉妒他有了想留住的人。

更嫉妒裴欢，她二十年前只不过还是个孩子，却能让华绍亭护着她长大，最后又愿意为她挣扎余生。

韩婼太清楚活着对华绍亭而言意味着什么，遗传性的疾病无法根治，他背着与生俱来的原罪，步步为营，每分每秒都是人间至苦，所以必须翻云覆雨才值得。

而眼下呢，妹妹、朋友、爱人、女儿、家庭，凡尘俗世一切该有的亲密关系，华绍亭竟然全都有了。

属于他的那一页写上的不是功过得失，竟然只有凡夫俗子这点烟火往事，他过去野心勃勃，不惜一切代价终于达成所愿，没想到最后又为了一个女人统统抛下，敬兰会也好，兰坊也罢，还不如他玩的那些香木玉器，反正他说不要也就不要了。

原来他只是个普普通通的人，心里不是只装了他自己，于是韩婼的存在真正成了笑话，一文不值。

不管故事如何往下续写，从始至终不会有人明白，眼下他们这些人理所当然地活着，全都因为韩婼为他白白牺牲了二十年的时光。

天灾，人祸，时代和命运的悲哀都在这里聚齐了，整座暄园前后两代人的血泪，和那座可笑的水晶洞一样，被人移走封住，欲盖弥彰雕上像，以为就能立地成佛，从此生死两忘。让她们无人悼念，无人可怜，变作孤魂野鬼，都不愿徘徊人间。

韩婼怎么能不恨？